SHANGHAI LITERATURE & ART PUBLISHING GROUP

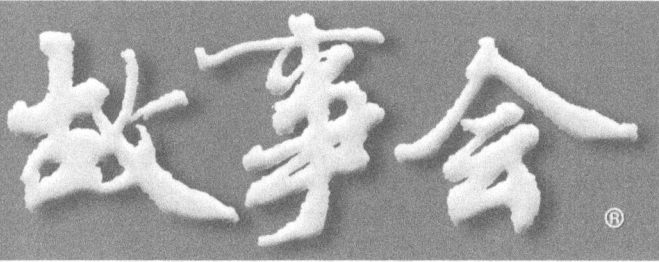

故事会

精品系列

捣蛋鬼故事

I0517162

上海锦绣文章出版社
上海故事会文化传媒有限公司

上海文艺出版（集团）有限公司

图书在版编目 (CIP) 数据

捣蛋鬼故事 《故事会》编辑部编 – 上海：上海锦绣文章出版社
（故事会精品系列） ISBN 978-7-5452-0182-6

Ⅰ.①捣…Ⅱ.①故…Ⅲ.故事－作品集－世界 Ⅳ.I14

中国版本图书馆 CIP 数据核字 (2008) 第 181328 号

丛 书 名：故事会精品系列

书　　 名：捣蛋鬼故事

主　　 编：何承伟

编　　 委：何承伟　 吴 伦　 姚自豪　 夏一鸣

责任编辑：刘迎曦　 鲍 放

装帧设计：王 伟

责任督印：张 凯

出　　　 版：上海锦绣文章出版社

　　　　　　上海故事会文化传媒有限公司

POD 海外发行：中国图书进出口上海公司

　　　　　　电话：021-36357888

　　　　　　传真：021-36357896

　　　　　　地址：上海市虹口区广中路 88 号

　　　　　　邮编：200083

目　　录

油　　　子

让我发出光辉,可是不要让我像光一样的轻浮。

千里姻缘

　　有个小伙子,心里一直喜欢着一位美丽而又温柔的姑娘,每次见了她,魂就像被勾走了似的。可是,他却总没有勇气对姑娘说。

　　一天,这小伙子的一位朋友来找他,说他爱上了一个姑娘,自己肚里没多少墨水,想请小伙子帮他写情书。

　　可巧的是,朋友爱上的这个姑娘,却偏偏就是小伙子喜欢的那个姑娘。这一来,小伙子心里就荡起了一层层涟漪。

　　但最终小伙子还是答应了,两人相交多年,总得讲点哥们义气吧!不过,他虽然以朋友的名义给那姑娘写信,但信里的每一句话却都倾注着他自己的情和爱。

　　之后,朋友常来找小伙子写信。因为那姑娘在给朋友的回信中说,她深深地被他那饱蘸情感的文字感动了。

朋友得意地笑着,而小伙子的心里却在淌泪。

过了一阵,朋友不再来找他,也不再要他写信了,因为这时候,朋友已和那姑娘你来我往打得火热,两个人常常手挽手、肩并肩地逛公园、上舞厅。

小伙子对姑娘的爱就只能永远埋在心底,再没有个宣泄表达的地方了。他很怀念帮朋友给姑娘写情书的那段日子。

很快,朋友和那姑娘举行了婚礼。

朋友结婚后,并没有忘记小伙子的大恩大德,三天两头邀他到他家去玩。小伙子每次去,总是很小心谨慎,尽量不显山露水,装作没有朋友的水平高。当初朋友妻子的那些回信,他都看过,很有水平的。他担心朋友终有一日会露出"狐狸尾巴",如果是那样的话,不知将会是怎样一种后果。

然而,朋友和他妻子的日子过得很平静,甚至很和睦,他们之间并没有因水平的差异而闹出什么矛盾。

一天,朋友的妻子对小伙子说:"怎么还不找对象呢? 一个人过日子多孤单!"

小伙子听了不禁心酸,可心里的话怎么能对她说?

朋友的妻子感叹着:"你多好的一个人,有知识有才能,人又长得好,还愁娶不到老婆? 说实话,要是我不跟上了他,打死我也要跟你呢。"说完,她就咯咯地笑,朋友也笑,笑得很得意,可小伙子笑不出来。

笑够了,朋友的妻子说:"我有个朋友,要知识有知识,要水平有水平,长相更不用说,追求她的人可多了,可没有一个她能看上眼。依我看,你们俩各方面都挺般配的……"

小伙子当然相信朋友妻子的眼光。

几天后,小伙子与那女孩见了面,对方果然长得才貌出众,很快地,他们就谈得情投意合。

不久，那女孩就成了小伙子的妻子。

小伙子有了妻子，可心里时不时地会闪出朋友妻子的影子，至今，他的抽屉底层里还藏着一封朋友妻子当初给朋友的回信，那一次，因为朋友让他替他回信，就把这封信留在了他这儿。

这天，妻子上夜班去了，小伙子一个人在家偷偷拿出那封信读，读着读着，他的心思一下又回到了过去。

这时，不知因什么事妻子突然回来了，掩饰中，妻子就发现了那封信。

小伙子挺诚实地说："这信是朋友的，真的，当时他请我帮他写情书时放在我这儿的。"

怎么也没料到，妻子看着那信，竟然笑了："你呀你！我等了这几年才嫁，今天才算明白，我没有白等！"说着，她打开箱子，也拿出一沓信——就是当初小伙子代朋友写的情书。

（芦芙荭）

空中飞人

　　长江建筑公司高空作业队的安全员阿冲，因为晚上通宵搓麻将，白天值班躲在水泥管道中睡大觉，差点酿成重大事故。此事不知怎么传到了公司经理那里，经理大为恼火。高空作业，安全尤为重要，而身为高空作业队的安全员，竟然视安全为儿戏，值班睡大觉，倘若真的造成重大事故，全公司职工包括他经理本人在内，全年的奖金就算泡汤了。盛怒之下，经理把高空作业队的阿汤队长叫到办公室。

　　当阿汤队长听经理说要撤换阿冲时，坚决不同意。经理左说右说总说服不了他，只得向他下了命令："阿汤同志，你可以保留你的意见，但是撤销阿冲的职务再难更改！"阿汤无法，虽然勉强接受了命令，但临走留下话说："高空作业队的工作现场是高空。天上不比地下，公司新派的安全员，本领若超不过阿冲，我可不干！"

一晃十多天过去了，公司并没有新派安全员来，阿汤正疑惑，这天，一位年轻漂亮的姑娘来找他，一问，原来竟是公司新派来的安全员小书。阿汤心里不觉恼怒起来。他想：高空作业队是全公司闻名的"和尚队"，全队一百零八人，都是年轻未婚的光头，建队以来，还从来没有一个妇女敢上这里来工作。可眼下这个黄毛丫头却不知天高地厚，胆敢到这里来，看样子，不给她摆点事实打发不了她。所以他皱起浓眉冷冷地说："请问你知道本队的情况吗？""知道一二。""知道了，为什么还敢来，你有多大胆？"

阿汤又称阿烫，心直口快，想啥说啥。小书觉得果然名不虚传，有点"烫"的本色，但她却故意装作听不懂，微启红唇，露出洁白的牙齿说："呃，这里有老虎，难道要吃人？"说完，抿嘴一笑。阿汤被惹恼了，阴沉着脸高声说："喂，这里是谈工作，请你严肃点。别以为安全员是脱产干部，平时坐坐办公室，磨磨嘴皮子，摇摇笔杆子，这就是抓安全了。要知道你的工作岗位是在工地上，在三十多米的半空中，全队一百零八人的性命安全全在你手中，你吃得消你呆着，若害怕，我劝你趁早回公司。"

小书自工作以来，还未见到过这样凶神恶煞的领导，吓得睁着两只水汪汪的大眼睛，一伸舌头，委屈地说："汤队长，我初来乍到，怕总是有点怕的，但既然公司领导决定要我来，总得让我慢慢锻炼锻炼嘛！"阿汤看看她一副可怜的样子，不由动了恻隐之心，觉得一个男子汉不该无故欺侮一个弱女子嘛，他顿时软了心肠，道："好吧。我看你来武的肯定不行，那么限你三个月，拿出消灭本队安全事故的方案。到时候拿出来了，我破格聘你当安全员；不然，别怪我不客气，送你到工地上去拍苍蝇！"

"真的？"小书的眼神里露出了喜悦的光芒。"大丈夫一言既出驷马难追!"阿汤说完准备上工地,却被小书一把拉住,说:"汤队长,方案这里已经有一本了,请你过过目,还不知能不能通过?"

"哈哈哈!"阿汤接过小书手中一本厚厚的方案书,仰天大笑,"鬼丫头,说实话吧,枪手是谁?""是公司经理提的建议,他要我女扮男装,实地察访……""什么……"阿汤大吃一惊,暗暗怪自己官僚主义,还被蒙在鼓里。他忙打开来看,只见这本厚厚的方案书里,竟有一百多张彩色放大照片,每张照片背面均有经理亲笔评语。

第一张叫"八仙过海"。照的是吊装队工人上下班时的情景,他们大多用横臂吊车代替交通工具,八个人一吊,隔墙吊进吊出,据说这样可以省去一段冤枉路。经理背面的批语是:交通超级化,当心光头开花!

第二张照片叫做"龙宫赏月"。照的是安全员阿冲,上班时间独自躲在防爆棚里剥茶叶蛋下酒的侧影。经理的批语是:酒醇蛋香,一个东倒西歪人!

第三张照片照得更绝,题为"金童散花"。照的是阿汤为了追赶工程进度,不许小和尚们下来拉尿,所以有三个青工一字排开在半空中"散花"。经理的批语是:新鲜活把戏,效率从拉尿抓起!

阿汤看完这些照片,偷眼瞧瞧站在面前的小书,脸烧得通红通红,不由在心底里暗暗佩服姑娘的高度工作责任心,正因为有了这种精神,她才敢闯男人的禁区,摄下全队应引以为耻的一刹那。他把照片往写字台抽屉里一塞,无可奈何地挥挥手,说:"去找阿冲移交工作,我正式聘请你为本队安全员!"小书点点头,出去了。

约摸还不到半小时,一个小和尚气喘吁吁跑来叫道:"汤队长,不好了,阿冲他们同新来的安全员吵起来了!"阿汤情知不妙,拔脚便往工地上跑。只见小书被阿冲一班小兄弟包围在圈子里,讽刺挖苦得脸都发白了。阿汤气得火冒三丈,拨开众人,想领小书突围出来,却被阿冲一把拦住:"师傅啊,你撤我的职,我一千个、一万个愿意。但是要我把安全员让给这只花瓶,我一千个、一万个不答应。她能上高空?她懂高空安全知识?她能和我们同吃同住同拉撒?她这只花瓶当安全员的话,我们在高空干活的这些兄弟生命不是太没保障了吗?所以刚才兄弟们推荐我同她到上面兜一圈,想试试她的本领。合格了,他们服我也服;不合格,他们不服我也不让!"

其实阿冲的想法就是阿汤的想法,阿冲的心愿就是众人的心愿,只是阿汤作为领导不能明说罢了。阿汤只好转个弯打圆场说:"阿冲,你是一出娘胎就会这本领的吗?小书同志刚刚来,你应该领着她学段时间再说嘛!""嘘嘘!"阿汤话音刚落,小和尚们便不耐烦了,有的说:"等她学会上高空,我们早死绝了。"有的说:"和尚队里来了娘们,请队长先造厕所,我们再上班!"阿冲见众人支持他,心里乐开了花,拍拍梆梆响的胸脯,上前一步逼着小书说:"你到底上不上?不上请早回头,我放你一码。"阿汤也把眼光对着小书看。

不想小书说道:"请师傅们稍待,我去一去。"众人正迷惑不解,不一会工夫,只见小书头戴白色安全帽,身穿洁白防护工作服,腰挂红色安全保险索,脚蹬防滑工作鞋,英姿飒爽地走来了。她对阿冲一点头,说了声:"请师傅带路!""好!"全场顿时欢声雷动。说来也有点可笑,阿冲被小书突然一将,反而手足无措,呆若木鸡。众人见阿冲这副呆样,急了:"阿冲快上,不上我上!""别看她噱头好,等会上了一险天,看她尿撒在裤裆里。"

阿冲笑了,他搓搓手,跺跺脚,纵身跳上脚手架。小书正要跟上,阿汤大喝一声:"回来!"众人一阵扫兴。忽听阿汤又叫道:"给我拉网,拉网!听见没有?"众人这才理解阿汤的苦心,于是七手八脚地纷纷动起手来,一会儿就把高空安全网拉得严丝合缝。阿汤还不放心,亲自上去四处察看一番,认为满意了,这才下来命阿冲、小书上。

阿冲不愧为是阿汤的高足,走在脚手架上像只老鼠,一窜就过。哪知小书也不示弱,像只小猫,紧跟在后。哪个知道姑娘原是浙江大隐石矿开山石匠的女儿,幼年跟着父亲学过攀登悬岩峭壁的本领,只要用四根小木桩,就能在百丈垂直的峭壁上像壁虎那样直上直下,所以上高空根本不在她话下。两人一前一后登完脚手架,前面就是三十六米高的露天架空行车轨道了。轨道长一百米,阔只有半米,从轨道上往下看,人像根火柴棒,汽车像只火柴盒,这就是小和尚们称之为一险天的地方。按照高空行走安全规定,工人穿越这条轨道,必须把安全带的环扣扣在预设在轨道上面的保险钢丝绳上,然后用手移动安全环扣慢慢步行过去。但是今天阿冲有心要在众人面前出风头,好把小书吓下去,所以他根本没有考虑到要使用安全带,而是故意漫不经心地向一险天走去。

小书首先把自己的保险带环扣扣到钢丝上,然后有礼貌地提醒阿冲说:"阿冲同志,请遵守安全操作规程,把安全带环扣扣到钢丝上去。"阿冲听了把眼一翻,指指行车轨道下面的保护网说:"有了网再用绳,这是脱了裤子再放屁,多费手脚!"说罢想走。小书哪里肯依,她杏眼圆睁,沉下脸来严肃地说:"你敢在众人面前带头破坏安全制度,我就有权罚扣你三个月奖金。"阿冲这时头脑已经发热,他根本不把小书放在眼里,头颈一犟:"随你便!"便像鸭子走路,一摇三摆上了一险天。小书又气又急,急忙紧紧跟上。说时迟、那时快,只听阿冲"啊呀"一声,脚下踩着了钢轨上没有清除的牛油,身子左右一晃,掉下了三十六米深渊……

"不好!"下面围观的人群大惊失色,阿汤更是吓得嘴唇发紫,他把希望全寄托在刚刚安置上去的安全网上了。可是有谁想到,这蹩脚安全网的保险使用期限已过,经不起阿冲这条肥牛似的身子强大的坠力,只听安全网到处"格崩、格崩"的断裂声,不到十秒钟,安全网已破了一大片,阿冲的屁股已经露在网外,像只大元宝。阿冲想用手去抓,但是他的手抓到哪里,棉纱绳就断在哪里,眼见他的身子即将破网而出,死神已经在向他招手,只见小书赶上来了,她只来得及攥一下自己安全带挂在保险钢丝绳上的环扣,便奋不顾身,像跳水运动员那样猛扑下去,用双手牢牢地抓住了阿冲的一只脚,此时安全网底部全部破裂,两个人一上一下,像两颗念珠在半空中打转,双双演出了连杂技演员都不敢演的空中飞人表演!所幸的是设在露天架空行车轨道上的保险钢丝绳还算争气,两个人才幸免于难。

等阿汤驾驶的一百五十吨巨型吊车赶来,用吊臂把他们双双解救下来时,阿汤激动得热泪盈眶,他久久地握住小书的手说:"小书同志,我太麻痹了,我没有把全队安全工作放在心上,请你转告公司领导,撤我的职吧!"

这时阿冲脸色通红,低着头说:"服了,我服了!"

众人也纷纷向小书投来钦佩的目光。

小书倒反而窘得左右不是,满面羞色地笑了。

(夏元寿)

李 油 嘴

　　大别山下的水库旁有个名叫李小伟的青年,今年二十五岁,是个上无父母、下无兄弟姐妹的光棍儿。小伙子论长相,虽算不上百分之百,却也有个八九不离十。但此人有个最大的毛病,就是无论做什么事,说什么话,总是油腔滑调的,所以人们便叫他"李油嘴"。

　　话说这天,李油嘴吃过早饭,骑上自行车,准备去县城买结婚用品,他一边骑,一边哼着乡村老掉牙的情歌,哼着哼着,就来到水库边了。突然,他听到一阵哭声,心里一惊,连忙脚下一使劲,直向水库坝上骑去。上了坝,只见一个姑娘身子摇摇晃晃正向库边走去,李油嘴暗叫一声"不好",马上拉开喉咙呼喊:"女同胞,你站住!"姑娘听有人叫喊,步子更加快了。这下李油嘴急了,大声说道:"同志,你有什么委屈,有什么难处可以向政府反映,怎么能轻生呢?"那姑娘似乎有所触动,一下站住了。

李油嘴见姑娘没有跳下水去,就咧嘴一笑,说:"我说你这花大姐怎么舍得死呢,是哪个欺负了你,还是情场失意? 嘿嘿,你要想跳水,这水库哪深哪浅,我可了如指掌。要想死就往那绿悠悠的地方跳。"那姑娘一听,立即一个纵身,"扑通"一声,跳了下去。

人命关大,岂能当儿戏? 可这李油嘴还是黄鹤楼上看翻船,身子斜靠在自行车上,嘴里还"嘿嘿"笑着。过了一会儿,大概看到姑娘快不行了,这才脱掉外衣,"扑通"跳下水库。他一边向姑娘游去,一边说:"瞧你这姑娘,怎么要真死呢?"说着就伸手抓住姑娘的衣服,又"嘿嘿"两声,说:"你想死,我可舍不得哟。瞧你这美样儿,不知要想死几多少年郎。"说着,用手把姑娘托上岸来。

眼下虽说是春天,可山区的库水却仍然冰冰冷的,浑身湿透的姑娘站在岸上,经风一吹,顿时像筛糠一般,冷得嘴唇都乌紫了。李油嘴看在眼里,又开了腔:"你看看,让你别跳你偏跳,这多难看,落汤鸡! 亏你穿得多,要是夏天,只穿那么一件衫儿,那对奶儿直凸凸地现出来,那才丑呢。"姑娘被他说得脸通红,心里骂了一句:流氓。李油嘴像是听到了似的,忙说:"我说女同胞,你别骂。我这个人只是嘴有点那个,可心眼儿还不错呢。好,我家就在这附近,先到我屋里去换换衣裳吧!"姑娘没奈何,只好跟着他走。

姑娘随李油嘴到他家门口,只见门上一把铁锁高挂,不觉心里一阵慌乱。姑娘想:这个不知名姓、油嘴滑舌的小伙子,把我从水库里救起来,莫非是狐狸拜鸡公的年? 李油嘴见姑娘神情不安,就一边开锁,一边说:"女同胞,请你放宽心,我的作风可正派啦! 虽然没人给我写报告文学,也没人让我上过电视,但老天爷可以作证，我是一个心地纯洁的大处男。"姑娘听他这么说，还是紧张得要命，看来又要落入陷阱了。于是她趁李油嘴不备时，转身来了个三十六计——跑为妙。

李油嘴见姑娘跑了，就一边追，一边说："嘿，你这女同胞还挺聪明呢！竟然知道长跑也能暖和身子，好，你跑，我喊操：一——二——三——"姑娘长到二十岁，还没见到过这么种人，这下真想笑，可又笑不起来，只是拼命地跑着，但还是被李油嘴赶上了。李油嘴说："你以为你这样跑了，就是一位了不起的贞烈女英么？可我却说你是狐狸精变的，满腹狐疑。"

姑娘终于被李油嘴拉到家里，李油嘴在火炉里烧起一堆火，叫姑娘烤烤衣裳，暖暖身子，他自己又忙着上灶烧水。不一会，水热了，李油嘴叫姑娘到房里去洗个澡，姑娘却一动不动。姑娘想：假如我洗澡，他冲进来怎么办？李油嘴见姑娘坐着不动，就说："哎，我说女同胞，只要心正，哪怕和尚尼姑一头睏，洗个澡怕什么？"姑娘想：我这样湿淋淋的，烤到啥时呀！说不定他真是嘴刁人正的呢。这么想着，就到房里洗澡去了。

姑娘进了房，把门紧紧闩上，就是那只该死的窗子没有闩，但窗子小，人是进不来的，她放心了，就开始脱衣裳。谁知正要脱内衣，突然听到有脚步声走到房门边，顿时一颗心跳到喉咙口：这怎么办？一定是这个流氓！姑娘赶紧将背靠在门上，死死顶着，眼睛在房里搜寻着，突然她看见靠床边放着一把杀鱼用的铁叉，就迅速拿在手里，暗暗说道：你闯进来吧，我要你不死也得捅个洞！这时候，门外响起了说话声："我说女同胞，你衣裳脱了么？我一心只顾你，倒忘了我自己还穿着水淋淋的衣裳。烦你把我的衣裳扔给我，啊，衣裳就在那只老式木箱里。"姑娘这才想起李油嘴确实还穿着水淋淋的衣裳，狂跳的心一下平静下来，随之一股感激之情油然而生。

姑娘找到衣裳丢给李油嘴后，就开始洗澡了。不一会，她突然听到有人来到窗边的脚步声,暗叫一声:不好。哎哟！一定是这个流氓想到窗子没有闩,在外面偷看。俗话说,急中生智。她看到旁边正好放着一箩筐石灰,忙抓了满满一大把。她想:只要你推开窗子,伸头偷看我,我就洒石灰粉,要你的眼睛成熊瞎子,八辈子找不到媳妇！姑娘正想着,只听"咚"的一声响,窗门被推开了,姑娘紧张得两眼一眨不眨地望着窗口处。这时李油嘴说话了:"我说女同胞,你把身子用东西遮一下,要不我可要大饱眼福啰。"姑娘一听这难听的话,正要洒石灰粉时,一根竹竿从窗口外伸了进来,竹竿上还挑着几件花衣裳。李油嘴说:"女同胞.这是我一口气跑好远,为你借的衣裳。嘿,不知你怪我不,人家问我借大姑娘的衣裳做啥,我说我媳妇来了。嘿嘿,要不这么说,那你就得女扮男装啦。"姑娘没吱声,撒了石灰,接过衣裳,继续洗澡。

见姑娘洗好澡,换了一身干衣服走出来。李油嘴见了笑笑说:"这下相信我了吧？假如你爱写小说什么的,以后就给我吹吹,怎么样？"停了停,他又拿腔拿调地说道:"闲话少叙,书归正传。你这小姐,姓什名谁,家住何方,有甚么天大的冤屈,且给我慢慢道来。倘能帮助,下里巴人定当效犬马之劳。"

姑娘见问,不觉伤痕刺痛,长叹一声,两行热泪流了下来。谁知李油嘴一见却唱开了:"想起奴的苦呀,两眼泪汪汪……"这一下,弄得姑娘啼笑皆非,更难启口。

李油嘴见姑娘不开口,就左一句、右一句,说得姑娘终于道出了内心的苦衷。

原来这姑娘家住邻县,在党的富民政策鼓动下,进城开了一爿水饺餐馆。由于她长得漂亮,大家都叫她"水饺西施"。一年前,情窦初开的水饺西施和一个大学生相遇了。那个大学生叫汪跃进,被水饺西施的容貌迷住了,马上四方打听,托熟人当红娘架"鹊桥"。开始水饺西施的父母认为高攀不上,怎么也不同意,可汪跃进不死心,天天上门求亲,山盟海誓表忠心,终于打动了水饺西施的父母,同意了这门亲事。汪跃进喜得"哆嚓哆嚓",差点跳起迪斯科。从此,他与水饺西施书来信往,情意绵绵,大有相见恨晚之感。

后来,汪跃进又用甜言蜜语骗去了水饺西施的贞操,可谁知水饺西施一怀孕,汪跃进却冷淡她了。前天,水饺西施听说汪跃进回家了,就把餐馆里的事交给妹妹,跑去看望。谁知汪跃进板起脸,骂水饺西施是婊子,叫她滚。水饺西施气极了,想去告状,又不好开口,这杯苦酒只有自己闷着喝。因此,她觉得没脸回家了,当走到这座水库时,就想跳水自尽。

李油嘴听了后,长叹道:"自愧呀!"水饺西施不解地问:"你愧什么?"李油嘴说:"我愧我一不是包老爷,二不是八府巡按,斩个陈世美我无能为力。但话又说回来,一个姑娘以身相许,应要三思而行啊!"水饺西施说:"所以我再没脸面见人了。"李油嘴说:"也不能老这么想,你今年才二十岁,一朵花才开,遇到一点挫折,就想死,怎么对得起父母的养育?你父母好不容易把你拉扯这么大,你这一死,他们连尸首都见不到,心里快活吗?有道是,莫愁前路无知己,天下有人会识君。"

这番推心置腹的话,听得水饺西施心里暖洋洋的,可一想到肚里的孩子,她又犯了愁。李油嘴是个灵精人,知道水饺西施的苦处,说道:"你可以到医院去做人工流产嘛。"水饺西施为难地说:"到医院若是男医生,他盘问我,就……"李油嘴不假思索地说:"这样吧,我送你到医院去,医生要是问,我李某自有办法回答。再说,我也要到县城去买结婚用品,正好一举两得。"

水饺西施已到这等地步,现在有人送她去医院,自然乐意,但她又想到一进医院得花钱,可眼下她身上是一贫如洗。李油嘴得知后,长叹道:"唉!真该我倒八辈子的霉,还要花去几张大团结,真不合算。"他嘴里这么说,可立即骑上自行车,带了水饺西施向县城驰去。

日子过得很快，李油嘴帮水饺西施打胎之后，转眼三月十八日到了。这一天是李油嘴的结婚喜庆之日，他好不高兴，一下就请来了好几桌客人。可是当他按当地风俗，下午去迎接新娘子时，新娘不见了。李油嘴和丈人家里的人一直找到日落西山，还是不见新娘子的踪影。李油嘴无可奈何地说了一声："我只好到归元寺报名去罗。"边说边往家中走去。当他走到水库边，猛地想起家里那么多客人怎么交待？正当他苦苦思索时，一个姑娘迎面匆匆走来，他抬头一看，这姑娘正是他救过的水饺西施。李油嘴问道："你怎么来了？"水饺西施莞尔一笑："恩人大喜之日，我能不来吗？"

李油嘴望了望水饺西施，忽然脸上有了笑容，开口说道："我说女同胞，你来得正好，我有一事想求你帮个忙，不知你答不答应？"水饺西施说："你说嘛。""不，你得先答应。""你不说我怎么答应呀。""我这件事你得先答应，才能说。"水饺西施眨眨眼，嫣然一笑，说："我答应。""真的？""不假。"说着两人互相伸出小拇指勾了一勾。李油嘴说："我今天想借你一下？""你说什么？""我想借你一下。"天哪，这是什么话，世界上有借钱、借东西，哪有一个男子借个大姑娘的道理？水饺西施顿时面红耳赤，嗔道："你又耍油嘴了！"李油嘴一连说了几个"不"字，而后竹简倒豆子把原因统统倒了出来，并解释道："我只想你今天陪我拜拜堂，让我不在客人面前丢人现眼就行。"水饺西施像个木头观音一样，闭紧了朱唇一动不动。这也难怪，像这件事水饺西施能答应吗？李油嘴见水饺西施不出声，就长叹一声道："看来我只有做阎王的女婿了！"水饺西施听了，发出一阵银铃般的笑声："不想活，这么大的水库放在面前你去跳呀！今天我也来给你当当参谋。要是怕淹不死，就找根绳子，身上绑块大石块，我来推。"李油嘴一听，拔脚就要往水库里跳。水饺西施见他真要跳，赶忙伸手拉住了他的衣角。李油嘴回过头来，笑道："我说嘛，你怎么舍得让我死呢？还是跟我去拜堂吧！"说着又做了一个怪腔，说，"不要害羞，这就像民间传说中说的，一个小伙子救了狐狸的命，后来小伙子遇难了，狐狸就帮他度过难关，还变成人做他的老婆。我只要你像舞台上演戏一样就行了。假娘子，请！"说着，他不管水饺西施应不应，就推着她往前走。他一边推，一边走，一边还唱起了传统戏《刘海砍樵》里的歌儿。

快到李油嘴家，一群年轻客人早就等急了，一见他俩来了，马上点起了鞭炮。而后不容分说，嘻嘻哈哈，拥着他俩拜了堂，还把一个苹果系在一根绳子上，吊在堂屋的中间，要他们同时咬一边，还要他们当众表演一个甜蜜的吻。这下不乱套了吗？新娘含羞，新郎也不敢。小伙子们可不管这些，他们动嘴又动手，你推我拽，非要他们完成这个节目不可。李油嘴急得大声喊道："使不得，使不得。你们这么多人，瞪着几十双眼睛看，你们不羞，我还羞呢！你们如果非要我来这个，就得乖乖听我的。"有人问："我们听你的什么？"李油嘴说："你们都用双手紧紧捂住自己的眼睛，谁偷看，谁就是王八蛋。"惹得大家哄堂大笑。

闹新房一直闹到深夜，客人们才陆续离开。这时小屋里只留下他们两人。李油嘴对水饺西施深深鞠了一躬，说："真感谢你。让你为难了。"水饺西施说："这有什么？是我对不起你，你为了救我，失去了一个美好的姑娘。"李油嘴说："这你不用担心，我相信我那位亲爱的是会想通的。"接着又说，"好了，现在不谈这些，你今晚睡在这龙凤床上，我再去搭个铺。"说罢，就站起身准备走出去。

李油嘴一抬头，发现窗外好像有个人。是谁？难道是"听房"的？他走到窗外一看，不觉一惊，原来这人竟是失踪的新娘子。不等李油嘴回过神来，新娘子就一下扑到他的怀里，说："我……我对不起你。"李油嘴一边给新娘子抹眼泪，一边说："别哭,俗话说千年修成共枕眠,我知道你是舍不得我的。"这么一说,倒把新嫁子说笑了。

　　新娘子怎么深夜跑来呢?原来,她是深深爱着李油嘴的,只因为李油嘴帮助水饺西施做人工流产,这个消息像是高山打锣,弄得上村下村人人皆知。俗话说:"人言可畏。"这事经过千人万口,添枝加叶,越传越玄乎,她一时毫无办法,就不辞而别,想彼此都冷静一下。其实她并没走多远,后来听到人们说李油嘴拜堂成亲了,她很奇怪,心想:我已和他领了结婚证,他跟谁拜堂呀?所以怀着一颗复杂而又忐忑的心情,趁人们走后,偷偷来到窗下,听了他们的对话后,才知道是自己错了。

　　水饺西施听到外边的说话声,赶忙走了出来,笑盈盈地说:"现在好了,你们终于重归于好了。"接着又向他俩深深鞠了一躬,说道:"是我让你们的婚礼过得不愉快,特向你们赔礼!并衷心向你们祝福!"新娘子说:"这事不怪你,都是我不好,赔礼的应该是我。"于是也向水饺西施鞠了一躬。

　　水饺西施高兴地说:"还是快到屋里去吧,尝尝我的手艺,我为你们做水饺!"

　　李油嘴更是兴奋,大声呼道:"OK!理解万岁!"继而又举起双手,像是范进中举似的:"嘻嘻,我有两个夫人啦!"

(王松平)

懦　　夫

懦夫在未死之前,就已经死过好多次;勇士一生只死一次。

正　名

　　蚂蟥坝有个爷们儿名叫大勇。这个大勇胆比针尖还小，在蚂蟥坝是出了名的。自从日本鬼子侵占蚂蟥坝后，大勇对日本兵心里既恨又怕，但表面上总是毕恭毕敬，处处小心顺着。替日本兵修岗楼、筹粮草、挑水送柴，他比请客吃大户跑得还快，深得小队长宫本的赞赏，被称为"良民大大的"。

　　为这事，大勇的妻子芙蓉骂他是软骨头、胆小鬼、汉奸，大勇说："这年月命都难保，还要脸干什么？"

　　日本兵在坝上胡作非为，蹂躏、坑害百姓，激起了坝上人的反抗。由铁匠赵传西牵头，在坝上联络了十几个和小日本有血债的勇敢年轻后生，拿起大刀长矛，私下成立了一个抗日武装组织，命名为"和日本鬼子作对小组"。几个月下来，他们东一榔头、西一棒子地捣腾日本兵,烧粮草,杀鬼子,缴枪械,开始成气候,着实叫宫本又气又恼又怕,于是就命令贴出告示:抓住赵传西,赏大洋三十块。

大勇瞅了告示,心里直犯嘀咕:这是鸡蛋往石头上碰。他知道赵传西住哪儿,要说拿这赏钱也不难,可这么做也太没良心了。大勇矛盾一阵,最后拿定主意:要在蚂蟥坝混,一不得罪皇军,二要对得起乡邻。你打你的小日本,他抓他的赵传西,统统与我大勇无关!

大勇想两不得罪,可这天偏偏赵传西找上门来了。大勇见赵传西进门,吓了个半死,说:"你还敢露面? 鬼子的枪子儿正等着你呢。"赵传西直言相告:"大勇哥,我冒死前来,是为求你一件事。"接着他说,宫本对大勇很信任,他要大勇向宫本佯报,说赵传西躲在陈家祠堂里,请宫本派兵去抓。和日本鬼子作对小组将在那里埋土地雷,挖陷阱,再加上刀枪齐发,定能以少胜多,打他个屁眼子朝天。末了,赵传西说:"这是咱们小组对你的信任,你总顺着鬼子,希望你也和鬼子作对一回。"

大勇一听,吓得脸煞白,五官发僵,手中的旱烟袋都掉到了地上。他连连摇头:"使不得,使不得,你们不怕死,别把我的命搭上,那鬼子兵你们也斗得过? 就算杀了宫本小队长,三田一郎中队长还能饶了你们?"

赵传西见大勇一口回绝,气得骂道:"你还有中国人的良心吗?"大勇说:"我不拿你去换三十块大洋就算有良心了。求你快走吧。"赵传西骂了声"软蛋"走了。

为了捉拿赵传西,宫本小队长把蚂蟥坝的百姓集合起来训话,还把抓赵传西的赏钱提高到四十块大洋,若知情不报,格杀勿论。

宫本训示完毕,正准备转身回营,忽然一回头,看见了大勇的妻子芙蓉。芙蓉如一朵不分季节开放的芙蓉花,长得美丽动人，馋得宫本嘴里不迭声地惊呼："花姑娘，哟唏哟唏！"他扑上去，伸手去摸芙蓉的脸蛋。

大勇见了，骨子里的怯弱、害怕、耻辱、气愤一起涌上心头，他壮着胆子走过去，媚笑说："嘿嘿，她是我的老婆，她很丑呢……"

"八格牙鲁！"宫本狠狠地抽了大勇一巴掌，又用手去摸芙蓉的胸脯。大勇"扑通"一声跪在地上，抱住宫本的腿，眼泪汪汪地哀求："小队长阁下，看在我对皇军恭顺的面上，饶了她吧，你叫我干什么都行，只是别、别动她……"

宫本又抬脚使劲踢大勇，大勇仍双手紧紧地抱住宫本的腿。两人正在扭缠之时，突然有勤务兵来报，说三田一郎中队长前来巡视，要宫本马上回岗楼。

宫本把白手套朝大勇脸上一摔，说："三天之内，把她的送来，皇军大大的有赏。三天的不送，死啦死啦的！"说罢，扬长而去。

大勇知道宫本那驴操的狼心狗肺，说到做到。大勇爱芙蓉，她的身子对于他比什么都金贵，要是被强盗污了，就像剜了他的肝。芙蓉也是个重伦理的农家女，视贞操比命金贵。

回到家，两口子抱头痛哭一场，苦苦想出了一条唯一的出路：到离此三百里的芙蓉姨娘家暂避一时，逃过这场大难。

当两人忐忑不安地在屋里苦熬时间、等天黑悄悄出门时，突然门猛地被推开，只见赵传西右手提枪、左臂挂彩，气喘吁吁地跑进来："大勇哥，鬼、鬼子在追我，能、能不能在你家躲一躲？"

"你，你……咋个来……到我这里？"大勇舌头如同短了一截，急得在屋里转圈。这时，又听到屋外响起了急促的脚步声和鬼子的叫唤声，接着传来了敲门声。

大勇清楚，赵传西如不在此藏身，必然落入鬼子手里，这位胆小怕事了半辈子的软骨头，此刻突然觉得也该大胆一回了。

他迅速将赵传西引到堆放杂物的偏房,匆匆将他埋进一堆稻草里,然后才去开门。

一个日本兵冲进屋来,冲他吼道:"你的赵传西的看见?"

大勇赔着笑脸,道:"哟,皇军驾到,请到这边用茶。"他想把鬼子引进里屋,离偏房远一些,以便赵传西逃走。他忐忑不安地引着鬼子穿过客堂,到了里屋门口,一眼看见被吓醒的芙蓉在床上缩成一团,先是一愣,接着假装发火,冲老婆喊:"芙蓉呀,皇军来了,还不快起床给皇军炒菜备酒!"他边说边挪过一张太师椅,将自己身子隔在鬼子面前,挡住鬼子射向芙蓉身上的目光。

鬼子见芙蓉如此楚楚动人,早把追杀赵传西的事抛到脑后,他把大勇搡了个倒栽葱,骂道:"你的,滚开!"就朝芙蓉扑过去。

芙蓉见鬼子扑来,惊叫着挣脱鬼子的手,绕着床转圈。鬼子追了好一会儿也没追上,于是便停下来,一边呼呼直喘粗气,一边迫不及待地脱身上衣服。芙蓉向大勇投去求援的目光,声音颤抖着说:"大勇,你……"

此时大勇陡地缓过神来,他估计凭芙蓉的体力还能与鬼子纠缠一阵,趁此好让偏房里的赵传西逃走,于是他向芙蓉摇了摇头,咬咬牙,转身关上门,又上了锁,把鬼子和芙蓉锁在里屋。

芙蓉一见,大喊起来:"大勇,你不能走啊!""大勇,你这没良心的,你不能这样害我呀……你不能让小鬼子糟蹋我呀……"听着妻子的哀叫,大勇心如刀绞。他站在门口,犹豫了片刻,然后一咬牙,直奔偏房而去,在他身后,传来阵阵忽高忽低的扭打声、哭喊声和荡笑声。

大勇把赵传西从草堆里拉出来,声音挺硬实地说:"你,快跑!"

赵传西紧紧抱住大勇,泪流满面,感动得说不出话来。

此时,妻子的声声呼救,如针刺心,但大勇强忍着,义无反顾地从偏房的横梁上拖下一条小木船,取了撑竿,对赵传西说:"你渡过跳滩河,鬼子就追不上了,快!"

赵传西操起一根木棒,说:"不能让嫂子受糟蹋,老子跟他们拼了!"大勇说:"她大不了丢掉贞洁,你要被鬼子逮住就没命了,留下口活气,来日狠狠地揍狗日的小鬼子!"

这时,又传来芙蓉的求救声。大勇说:"芙蓉快坚持不住了,我得去救她,你他妈的快跑哇!"他把小船搁放在赵传西肩上,把赵传西往前使劲一推。赵传西眼含热泪,说:"大勇哥,我会替你和嫂子报仇的!"说完,转身走了。

大勇这才从屋角操了根扁担,拼命往里屋跑,边跑边大声喊着:"芙蓉,千万要护住你的宝贝呀,我救你来了!"他开锁的手颤抖得厉害,钥匙在匣子锁的底部晃动,越急越摸不准锁孔。屋里的厮打更猛更烈,大勇又喊:"芙蓉,一定要把住裤腰带啊,我马上就进来!"

"嗷——"里屋传出鬼子的哀嚎,芙蓉狠狠地咬了鬼子一口。

钥匙仍插不进锁孔,他低头一打量,发现钥匙拿反了。

此时屋内传来操持枪械的声音,大勇的手抖得更加厉害。就在这时,只听"啊——哎哟!"芙蓉悲惨地一声尖叫,接着传来了身体重重倒地的闷响。

门终于开了。大勇见妻子衣服破损不堪,弯曲地躺在地上,腹部喷着鲜血。鬼子赤裸全身,正躬下腰用双手护着腿根处被咬的伤口,嘴里发出"哎哟哟"的呻吟。

大勇眼冒火焰,五脏俱焚,勇气猛地从每一个细胞迸发出来,他左手扔掉扁担,右手抓起地上的枪,对准鬼子就打,鬼子立马就脑袋开花,肝肠涂地。

扛着木船出门不远的赵传西听到枪响,扔掉船,顺手拾起块大石头,掉头往回赶。他见芙蓉躺在大勇怀里,血还在不住地流。芙蓉艰难地睁开眼,望见站在门口的赵传西,似乎明白了一切,她轻轻地吐出一句话:"大勇……我……不……怪……

你……"四肢慢慢地软了下去。

赵传西噙泪将手中的石头狠狠地砸在已经死去的鬼子头上。

听到枪响,已搜索到院子东头的两个鬼子远远奔来增援。大勇见了忙转身又扣动了板机,将两个鬼子放翻在地。

赵传西说:"好哥子,你不是软蛋,你是一条硬汉!听说共产党领导的八路军在石桥铺搞得轰轰烈烈,我准备去找他们。我还会回来,救命之恩来日再报!"他又面朝大勇的屋子跪下,说,"芙蓉嫂子,请受我赵传西一拜,对不起你了!"

"走吧,"大勇把枪递给赵传西,"带上家伙会有大用。"赵传西上了船,说:"你有事可以到猫儿寨的山洞里找'一刀准',和鬼子作对小组现在由他负责。"

大勇点点头,目送赵传西的小船渐渐驶远。

当天晚上,大勇草草用木板钉了个棺材,把芙蓉葬在堂屋里。

第二天,他披着初升的曙光,沿着屋后的羊肠小道,向猫儿寨的山洞赶去。他找到一刀准,要求参加他们的小组,表示他也要和小鬼子作对!谁知一刀准斜眼瞅了大勇一眼,奚落道:"鬼子比你亲爹还亲,你这孬种咋会舍得小命去打你日本爷爷呢?"

大勇大声申辩:"谁是孬种? 我,我要正名!"

一刀准嗓门一高,道:"把这个贪生怕死的家伙轰出去!"

大勇气呼呼地边朝外走,边愤然道:"哼,门缝里看人!"他走不远,听见里面一刀准说:"为防万一,大家立即转移,炸岗楼的计划暂缓执行。"

大勇气得骂道:"娘的,真把老子当汉奸了,走着瞧!"他回到家,坐在太师椅上,伤心地望着屋中芙蓉的坟,想着报仇的办法。突然,他眼睛一亮,办法有了。他挖开芙蓉的坟,把芙蓉从棺材中抱出来,平放在地上,跪在她的面前说:"芙蓉,我的好老婆,为了给你报仇,请原谅我的狠心。"

然后,他剥去芙蓉的衣服,用刀沿鬼子刺开的刀口,剖开她的胸膛,掏出五脏六腑,装进棺材埋回原处,然后取来炸药。大勇祖上是开鞭炮作坊的,他对制作土炸弹堪称精通。他把炸药放在芙蓉胸膛里,又装了引线,再给芙蓉穿上结婚时穿过的那身酱红旗袍,把她抱上三轮车,将她的头微靠在车的后座靠背上,脸上还施了老厚一层胭脂,看上去还是那么文静、庄重、秀丽,怎么也不像个死人。末了,他在三轮车的棚口挂了布帘。一切伪装妥当,便骑着三轮车直奔鬼子岗楼。

因为出了个赵传西,眼下进岗楼盘查极严,岗楼护河上的吊桥也少有放下的时候。大勇蹬车来到护河边,冲宫本喊话:"宫本小队长阁下,按您的吩咐,我把芙蓉给您送来了。"

哨兵通报上去,宫本上了岗楼往下张望。大勇忙撩开布帘,把端庄安详的芙蓉暴露给岗楼。他又将自己的衣服一件件脱下,向对方展示自己没有带武器。

宫本拿起望远镜一望,芙蓉水灵灵地坐在车座上,又见大勇光着身子,便放下心来,大声说:"哟唏,你的对皇军大大的忠——放桥!"

吊桥放下,大勇骑车过桥,来到岗楼前。宫本笑盈盈地和几个鬼子迎上前来。大勇见已靠近岗楼,下了车,走到后座前,说:"芙蓉,给你报仇的时候到了!"随即,他一拉引线,冲着宫本骂上一句:"狗日的,老子送你们上西天!"

鬼子还没有反应过来,只听"轰"的一声,天翻地覆的巨响回荡在蚂蟥坝的上空。被炸翻在地的大勇看着岗楼猛地往下一坍,旋即碎裂开去,又见鬼子尸分四处,他欣慰地含笑闭眼……

(曾有情)

爱的奉献

　　黄诚今年二十刚出头,可已经是小城颇有知名度的人了。三年前他高考落榜,便在自由市场做起了个体生意,每个月都用赚来的钱资助贫困山区的失学孩子。小城晚报登了黄诚的事迹,他的名字一下子就传遍了全城。

　　这天,黄诚收到一封来自数百里外大板山的信,拆开一看,原来是一个叫"田春芳"的高三学生写来的,说她很小就死了母亲,和父亲相依为命过日子,靠父亲打猎来维持生计。十多年来,父亲自己节衣缩食,拼命干活,好不容易供她读完中学,如今眼看她考上了邻省的一所大学,却再也无力供她继续读下去了。信上说:"黄诚大哥,我们山区实在太穷了,我就是想问别人借也难以凑齐这笔学费。我在万分痛苦和绝望的时候听说了您的事迹,抱着试试看的心情,给您寄去这封求救信,您能帮助我吗?"

　　来信不长,但字里行间透溢着的那股悲凄之情,把黄诚的心给震颤了,他二话不说,立即给田春芳寄去一千块钱,并回了一封信,表示今后每个月再另外给她寄两百元生活费,直到她大学毕业。

　　一个星期之后,信和钱都到了田春芳手里,田春芳激动得眼泪"哗哗"直流。父亲田生平感慨地对女儿说:"春芳呀,上了大学你一定要好好读书,报答黄诚这个大恩人呀!"

　　转眼半年过去了,田春芳已经读了一个学期的书,春节前放寒假回到了老家。这天,她跟着父亲田生平,又带了猎狗"黑贝",一起进山打猎,想用猎物去换钱买点年货。走过一段山路,突然黑贝"汪汪汪"叫了起来,"嗖"一声就向前面半山腰冲去,田生平立即带着田春芳紧跟上去。当他们爬过一个土坡时,立即被眼前的情景吓住了。原来,坡下离他们六十米远处的平地上,两个小伙子正与五只野狼对峙着。

　　深山遇群狼,田生平深知此情非同一般。他立即喝住黑贝,把它按在脚下。田春芳声音颤颤地喊了一声:"爸!""别说话!"田生平瞪了她一眼。此刻,只见那两个小伙子背靠背地站着,一个手里握着匕首,一个手里拎着拎包;周围的五只狼或蹲或立或卧,都张着血红的大嘴巴,喘着粗气,绿眼睛死死盯着他们。由于两个人手中有武器,野狼不敢贸然进攻。但狼的悟性极高,它们已经认定这两个人是快到口的肥肉,虽一时不能得逞,但通过一段时间的精神对抗,这两个人的意志肯定会削弱下来,早晚成为它们的美餐,因而围而不攻。

　　再说田生平,脑海里闪出一个又一个营救方案,那黑贝没有得到主人的指令,不敢轻举妄动,但早已按捺不住,急躁地喘着粗气,两只爪子在地上乱抓乱刨。田生平决定从侧翼突袭狼群,他让田春芳趴下别动,自己带着黑贝潜到离平地只有十几米远的另一个小坡上。可是他还没隐蔽好，黑贝就迫不及待地狂叫起来。在这千钧一发的时候，田生平来不及多想了，立即举枪瞄准那只居中的灰色老狼，只听"叭"的一声，老灰狼应声倒地，其余四只狼便纷纷落荒而逃。田生平看得很准，那灰狼是领头的老狼。

终于化险为夷了，那两个小伙子对田生平感激涕零。为防再生意外，田生平决定好事做到底，把他们送出山外。一路上，黑贝在前面欢快地蹦着，田生平和田春芳便同两个小伙子拉呱起来。没曾想，世界上竟然有这般巧事，那两个小伙子中的一个，竟然就是黄诚！另一个是黄诚的朋友，叫刘二。刘二抢着告诉田家父女，他们这次是给一家客户送货，一打听，田春芳的家就在隔着大板山的这一头，便直接翻山抄近路，想借这个机会来看看田春芳一家。

往日恩人远在天边，如今竟然就在眼前，田春芳真是做梦也没有想到，她两腿一弯，就跪了下来："恩人，请受我一拜！"这一来，倒是弄得黄诚挺不好意思，赶忙扶起她说："你千万不要这样，区区小事，何足挂齿。要说恩人，你们才是我俩的恩人哪！"田生平一把握住黄诚的手，说："不敢当，不敢当，你大仁大义，让春芳圆了大学梦，这可让我们怎么感谢你呀！"他转而对田春芳说："这样吧，春芳，你领着他俩先回家，我再去猎点东西，咱们与恩人好好聚一聚。"于是，田生平带着黑贝继续打猎，田春芳便带着黄诚和刘二回到了家里。她恭恭敬敬地给黄诚和刘二敬茶，把自家酿的酒和父亲腌了一直舍不得吃的一点腊肉全拿了出来，随后又直奔屋后，三下二下就提回不少野葱和灰灰菜。

田春芳在灶间又拣又洗，田生平随后也进了家门。他把猎来的五只山鸡往桌上一放，爽朗地说："黄诚呀，这回你们来不容易，咱这么相遇也是缘分，你们就在这多住些日子，过了年再走。"田生平话音刚落，还没等黄诚说话，刘二就抢着应了下来：

"太好了,大叔,我们还从没在山里过过年哪。我和黄诚,出门一对,进门一双,在哪儿过年还不都一样。"刘二说这话的时候,黄诚扫了他一眼,没吱声。

其实,刘二醉翁之意不在酒,他是对田春芳有了心思,他万没想到,黄诚捐助的对象,竟然出落得这般标致。一连三天,因为初来乍到,又碍着黄诚的眼睛,他不敢对田春芳有非分之举。第四天,黄诚跟田生平去打猎,田春芳在门外洗衣服,屋子里静悄悄的,刘二两只眼睛直勾勾地盯着门外的田春芳,真是越看越欢喜。想想自己因为长得矮小,几次谈朋友都吹了,眼下这么好的机会,再不抓紧就太对不起自己了。想到这里,刘二再也忍不住了,一步冲出屋外,抱住田春芳,把她紧紧搂在怀里。田春芳遭此突袭大惊失色,惊叫道:"刘二哥,你干什么?"但是田春芳哪里挣脱得了,情急之中朝门外大喊一声:"爸,黄大哥,你们回来了,快来救救我!"

刘二一听这话,吓得心惊肉跳,手脚一哆嗦,田春芳乘机挣脱出来,飞快地跑进房间,把门锁了起来。刘二回头一看,哪里有田生平和黄诚的影子,他自知上当,恨得咬牙切齿,冲到门口,可是门已经打不开了。只听田春芳在门里厉声说:"刘二,我把你当哥看待,你却这么胡来。看在你跟黄大哥是好朋友的分上,我不把这件事说出去,但如果你再敢乱来,我爸会用猎枪打破你的头!"

这天下午,黄诚陪田春芳去野地里拣野葱,田春芳故意试探道:"黄大哥,你跟刘二哥是啥时认识的?""半年前吧。""他人品怎样?"一听这话,黄诚心里"咯噔"一下,半晌没说话。"他到底怎么样嘛?"田春芳追着问,"你们认识那么久了,难道你不了解他?""这个,"黄诚欲言又止,闷了好一会儿,才犹豫着说,"这个,怎么说呢,反正他待我不薄,给过我很大的帮助。再说,人与人之间怎么能少得了帮助呢?你说是不是?"田春芳看他支支吾吾的样子,听他躲躲闪闪的回答,心里不禁觉得奇怪:黄大哥这么正直善良的人,怎么会跟刘二这种人是好朋友呢? 她很想解开这个谜。

话分两头。再说田生平,这几天也好像有点反常,老是躲在房间里,关起门来一个人"吞云吐雾",抽刘二给他从城里带来的香烟。这天,黄诚和田春芳前脚刚出门,田生平就浑身发痒,犯了烟瘾。他不好意思地恳求刘二说:"刘二呀,再给大叔抽一支吧,大叔浑身像被虫子咬着似的。"刘二一看田生平这副难受的样子,说:"大叔呀,只要你答应我一个条件,我以后就让你抽个够。"田生平着急地问:"什么条件? 你快说。"刘二不慌不忙地问:"你女儿是不是很听你的话?""那当然,我让她走东她不敢走西,我让她撵狗她不敢打鸡。到底什么条件,你尽管说!"刘二嘻嘻一笑:"明天你和黄诚都出去,让你女儿留在家里伺候我,怎么样?""你……"田生平没想到刘二会提出这样的要求,"你把我女儿当什么了?"可是没等他拉下脸来,一阵烟瘾又冒了上来,眼泪鼻涕一大把。他不由自主道:"行,就依你一回。"说罢,他接过刘二给的烟,冲进里屋关上房门,独自"呼呼"抽了起来。

转眼就到了第二天,不知怎么,田生平起晚了,许是昨晚过足了烟瘾,睡得太死,睁眼一看,田春芳已经和黄诚一起上山了。瞥一眼刘二,只见刘二正轻蔑地朝他撇撇嘴,发出一阵冷笑。田生平似有所悟,就问:"刘二,你给我的烟是不是白粉?"刘二不置可否地说:"我叫它高级精神振奋剂,这可是当代人的最高享受呀!"田生平一震:"你是专卖这个的?"刘二无所顾忌地答道:"算是代销吧。""那……"田生平追问道,"黄诚也干这个啦?"刘二一听哈哈大笑:"当然了,他是我的助手,我让他往哪送,他就往哪送。""那,现在他身上有那东西吗?""哈哈,你想去问他要? 告诉你吧,货全在我身上哩。"

一时,田生平心里像翻肠搅肚般的难受,说了声:"我去找春芳回来陪你。"便默默地走出了家门。望着田生平远去的背影，刘二狰狞地冷笑起来。原来，刘二是个贩毒团伙分子，半年前，他把善良正直的黄诚也骗着拉拢过来，帮他送货。这阵城里"严打"，为了避风头，他借口给客户送货，带着黄诚躲进了大板山。那天在山里遭遇狼群，幸好碰到田家父女救了他们。田生平有意留客报恩，正合他意，便顺水推舟赖在田家不走，加上又对田春芳垂涎三尺，那次施淫不成，一直怀恨在心。于是，他便有意给田生平抽含白粉的香烟，让他上瘾。他心想：黄诚一向是听自己话的，而田春芳受恩于黄诚，又是个大孝女，一旦操纵了田生平，也就等于又能得到美色，又多两个帮手，岂不美哉？一切好像都在按照他的计划进行着……

再说田生平找到田春芳和黄诚，他先把女儿叫到一边，耳语了几句，然后又走到黄诚跟前，用乞求的口气对黄诚说："黄诚呀，你是个热心人，你赞助我家春芳那么多钱，你也资助我一点东西吧。""资助什么？"黄诚好奇地问。"香烟，就是刘二手里那种烟。"黄诚一听，打了个寒颤，大叫道："大叔，那东西不能抽，刘二这是害你。不行，我去找他问个究竟！"说着就要走。田生平一把拉住他，说："你不能去，你一去，可就真要把我害苦了。"黄诚又气又急，说："大叔，这里头的事你不懂，等以后我再慢慢给你说。"

田生平还是拉着黄诚不放，说："我已经答应刘二了，让春芳去伺候他一回，要不然，刘二就不给我烟抽，我也是没有办法呀。这事儿你就别管了。"

黄诚哪里料得到事情竟发展到如此荒唐的地步，他气得浑身发抖，猛地甩开田生平的手，三步两步冲进田家。刘二一个人正自得其乐地在吃肉喝酒，这是田生平藏了大半年的东西，原本是等女儿回来一起过年用的。黄诚怒火中烧，一把揪住刘二说："你这个人面兽心的畜生，为什么给大叔抽白粉？他是咱们的救命恩人,你恩将仇报,用心何在?"

刘二第一次见黄诚向自己发这么大的火,一时愣住了,好半天才回过神来,反讥道:"我人面兽心?对,你说得对,我从来就没想过当什么好人。可你不也跟我一样吗?你以为你资助给人家的钱干净?哼,那是贩毒得来的。你敢跟我作对,我就把你贩毒的事情讲出去,让你身败名裂。"刘二一番话,讲得黄诚一下子哑了口。刘二见黄诚软了下来,知道自己抓住了黄诚的弱点,沾沾自喜道:"黄诚呀,只要你以后听我的,我不会亏待你,其他与你无关的事,你就不要管了。"

这时,门突然被撞开了,田春芳泪流满面地站在门口,对黄诚说:"黄大哥,你们的话我都听到了。黄大哥,你向他求情不值得,不要再跟他干下去了,投案自首吧,只要你以后不再干,你就永远是我心中最尊敬最信任的大哥。"说到这里,田春芳已是泣不成声了。

屋子里,空气仿佛凝固了似的。这时,只见田生平一头撞了进来,脸色暗黄,额头冒汗,他一步跪在刘二面前,磕头乞求说:"刘二呀,快、快给大叔一支烟抽,我实在受不了啦。"说罢,竟然在地上打起滚来,还要用头去撞墙壁。看到救命恩人被毒瘾折磨得这个样子,黄诚不由得怒火中烧,他一个箭步蹿到睡铺前,伸手从铺下拖出他们随身带来的那个提包,狂吼道:"毒品,这些该死的毒品,我不烧光你我就不叫黄诚!"边吼边就拎起包朝门外奔去。刘二反应过来,急得双脚直跳,急叫一声:"黄诚,你疯了?"慌忙追了出去。

两个人前奔后追地跑出百多米远,黄诚在一堆草丛前停了下来。他从口袋里掏出打火机,刚要点燃,这时刘二追了上来,两人顿时扭作一团。刘二心狠手辣,出手又凶又重,眼看要占上风,这时,田家父女赶到了,田生平一扫刚才毒瘾发作时的丑态,帮着黄诚一起把刘二反手架了起来,又从口袋里掏出早已准备好的绳子,三下两下把他绑了个结结实实。

黄诚对着田生平放声痛哭:"大叔,我对不起你,我不该把刘二带到你家来,害得你染上了白粉瘾,我罪该万死呀!"田生平安慰说:"黄诚呀,别说这些,你先说说你怎么会跟刘二呆在了一起。"田春芳也在一边说:"黄大哥,你一定受了什么委屈,说出来,让我爸帮你。"望着父女俩热忱的眼光,黄诚渐渐平静下来,便把事情的前因后果说了出来。

原来半年前,黄诚做生意亏了本,这一来他可就作了难。为啥?他自己的基本生活还可以勉强维持,可是原来约定每个月定期资助贫困孩子的一千多块钱呢?正当黄诚急得六神无主时,刘二找上门来,说是只要他肯帮他做些生意上的事,主要是送送货,每月就可以得到两千元的报酬。黄诚用钱心切,也没细问送什么货,就跟他一起干了。后来他明白了真相,想洗手不干,已经来不及了,刘二一再威胁,若是不从,就要向社会公众公布真相,他担心万一让孩子们知道了,会伤害他们天真无邪的心灵。他自己的亏本生意一下子又翻不过来,为了按时给孩子们寄钱,他只好昧着良心继续跟刘二干下去……

黄诚的遭遇深深刺痛了田家父女的心。田生平瞪一眼已经瘫软在地的刘二,对黄诚说:"一切都不晚,刘二恶有恶报。至于我,根本就没有吸刘二给的白粉,你尽可放心。""什么,你没有吸白粉?"这回,轮到黄诚目瞪口呆了,他看看田生平,又看看田春芳,丈二和尚摸不着头脑。

田春芳说:"是真的,黄大哥,你听我说……"原来,田春芳把刘二那次对她的不轨行为告诉了田生平,而田生平本来就觉得刘二的品行说不出个味道,便提高了警惕。当天晚上,刘二给田生平敬烟,田生平一抽就感觉到烟里含有白粉。因为田生平曾经在城里打过工,赚了一些钱后却染上了吸毒的恶习,结果把挣得的钱全部吸光了,田春芳的母亲连病带气,匆匆离开了人世,田生平因此受到震撼，发誓戒烟，带着女儿重新开始了生活。但是田生平不敢相信刘二和黄诚会是贩毒分子。他悄悄跟女儿商量这件事，最后决定，田春芳每天带着黄诚出去，借摘野菜、挖地薯的机会多与黄诚聊天，探知实情；他自己则留在家里，进一步试探刘二。每次刘二给他烟，他都将计就计假装进里屋关起门来抽，实际上却留了下来，还在刘二面前做出烟瘾发作的样子。由于他以前抽过白粉，因此每次都装得十分逼真，刘二毫无察觉。至于刚才，田生平是故意当着黄诚的面求刘二给烟，演了一出毒瘾发作的苦肉戏，想用这种办法唤起黄诚的良知，让黄诚彻底认清刘二的丑恶嘴脸，迷途知返……

一切都真相大白了，黄诚像做了一场噩梦才刚刚醒悟，两行热泪顺着他的脸颊滚落下来。只见他抬起头，深情地望着田生平和田春芳父女俩，说："谢谢你们又一次救了我，走，咱们一起把刘二送到派出所去，这提包里的白粉就是他的罪证，我也要去自首。"

黄诚说这话的时候，田生平和田春芳的眼睛都湿润了，三个人六只手，紧紧地握在了一起……

（范旭光）

走向公安局

　　县郊有个农民,叫王达理,是个出了名的老实人。他一生胆小怕事,又爱当和事佬,在小地方出了名,人们都管他叫"王老好",真名字反倒被人忘掉了。

　　这天,王老好来县城买东西,走着走着,就小肚子打鼓了。他发现有两个打扮流里流气、戴墨镜的人老是跟着自己,他走快一点,那两人也快点,他走慢点,那两人也慢下来。王老好连穿了几条街,那两个人还是与他保持着几步的距离。

　　王老好心里很是纳闷:莫非是仇人找自己算账? 可是他王老好拨着指头算,也算不出自己和谁结过仇。那么,这两个人是冲着钱来的? 想到这里,王老好吓得打了一个冷战,不由自主地摸了摸内衣口袋里的两百多元钱。那可是他特地带来给闺女买嫁妆的哩!

王老好边想边走,猛一抬头,不由得大吃一惊,原来他慌不择路走进了一条偏僻的垃圾巷。这条垃圾巷三面都是高墙,墙根倒着一堆堆垃圾,他回头一看,那两个人已经慢慢地逼了过来。

王老好一步步地后退,后背终于贴着墙了,那两个人还是一声不吭地逼过来。王老好已经打定了主意,好汉不吃眼前亏,先把钱交给他们,然后马上去公安局报案。他抖抖索索地摸出那两百多元钱,递了过去:"我只有这点钱,真的,再也没有了。""王老好,你真会开玩笑,啊? 嘿嘿嘿——"两个家伙狞笑着,"喤"的一声,两把弹簧刀弹了出来,抵在了他的腰上。

他们居然知道自己叫王老好? 看来真的是善者不来、来者不善。王老好的两条腿不住地筛糠,要不是靠着墙壁,他早就瘫软了。他忽然明白过来,连忙把手表抹下来,连同钱一起再递过去:"我……实在没钱了……"

"别啰唆,不是要你的钱!"两个家伙粗暴地打断了他,"乖乖地跟我们走,有你的好处。"王老好没有办法,只好揣起钱和表,哭丧着脸,被两个家伙劫持着穿过几条冷清的小巷,来到了一家比较偏僻的餐馆里。

走进雅座,王老好看见里面只有一张已经摆上了餐具的圆桌,上首坐着的人满脸横肉,好像是头目。看见他们三人进来了,那个头目模样的人挥手示坐。王老好战战兢兢地把半边屁股搁在了板凳上,心里七上八下的。那个头目弹了一支烟给王老好,又用气体打火机给他点上,接着,"叭"地捻了一个响指,跑堂的马上便端来了各种酒菜。

王老好半边屁股挨着板凳,机械地吸着烟,搞不清对方葫芦里卖什么药。这时,只见那个头目站起来,双手抱拳,声如狼嗥:"哥子,你救了我们的兄弟,我——敬你一杯!"

"救了……你们的兄弟?"王老好丈二和尚摸不着头脑。

"哈哈哈——"两个劫持者纵声大笑,其中一个摘下了墨镜,声音像公鸭叫:"怎么,不认识我?"

"喔,是你!"看到对方眼眶上的大疤痕,王老好想起来了。

那是一个月前,王老好坐客车进城。车子走了不多久,忽然有个妇女惊叫起来:"哎呀,我的钱包不见了,谁偷了我的钱包!就是他,就是他,刚才他一直在我身边。"

王老好仔细一看,一个眼眶上有一条醒目的疤痕青年正慌慌张张地朝外挤,但是马上就被身边的几个年轻农民扭住了。伤疤青年先还拼命挣扎,后来见挣不脱,就耷拉着头不动了。那个妇女挤过来,从他的裤兜里搜出了自己的钱包,乘客们愤怒了,不知是谁吼了一声:"打死这狗日的!"乘客们马上就拥过来,拳头雨点般地落在了伤疤青年的身上。不一会儿,伤疤青年就被打得鼻青脸肿,鼻子和嘴角都淌出血来,衬衫也被扯破了几个大口,呻吟不止。

王老好看不下去了,便壮着胆子挤上前去求情:"算了,算了,别打了,再打就出人命了。"

"这些三只手就是可恶,就是该打。走,送这小子到公安局去!"一个农民小伙子恨恨地说,又狠狠地踢了一脚。

"算了,算了,人都有走错路的时候嘛!已经打成这样了,算了,算了!"

车上的乘客大都认识王老好,其中一个乘客就说:"王老好,你不要又在那儿充好人!一个扒手你都要为他辩护,他是你的亲戚还是咋的?"

这王老好平生胆小怕事,一怕,就吓得说不出话来。这时候他听见别人说扒手是他的亲戚,怕自己被牵涉进去,说不清楚,就红着脸退到了一旁。

车上的人都知道王老好很老实,见他红着脸不说一句话就走开了,以为这个扒手真的就是他的亲戚,心就软了下来。刚好这时候客车到了一个小站,那扒手趁机溜走了,临下车还回头望了王老好一眼,那道醒目的伤疤一晃,吓得王老好心里"咯噔"一下,几天都没睡好觉。

一个月过去了,王老好快把这件事忘记了,但是想不到今天又在这儿碰到了这个扒手。看来今天没有危险,王老好这才稍微镇定了一些,把屁股都挪上了板凳。他用衣袖揩揩头上的冷汗,长长地呼出一口气,说:"哎呀,你们这样做,吓死我了!"

那个伤疤青年怪笑了一声,说:"我们只有这样做,才能把你请到这儿来呀!"

"没事的话,我想走了。"王老好说罢站起身来,他可不想和这些扒手有什么瓜葛。

那三个家伙交换了一下眼色,为首的脸色一沉,鼻子一哼,"啪"地一拍桌子,震得筷子"咣当"落在地上,冷冷地说:"怎么,想走?瞧不起哥儿们?"

"不……不……"王老好瘫坐在板凳上,又说不出话来了。

"那好!你没有让我的兄弟进公安局,够哥儿们!今天,哥儿们有了三百元的财喜,就请赏脸。"说完,端起一杯酒,"干!"

王老好没办法,只好苦笑着强打起精神相陪。

一个小时后,那三个家伙终于酒足饭饱了。满脸横肉的头目打着饱嗝,含混不清地说:"够哥儿们……呃……有事……找我……呃……店老板……自己人……呃……"王老好赔着笑脸,胡乱地答应着,迫不及待地离开了酒店,刚转过墙角,便撒腿飞奔起来。

跑了十几分钟,估计离酒店已经很远了,王老好这才放慢速度,心神不定地沿着大街溜达。回忆着这离奇的遭遇,他好像做了一场噩梦。

走到县医院门前,王老好看见前面围着一大圈人,叽叽喳喳的,不知道发生了什么事,他好奇地凑了过去。只见人群中间的空地上坐着一个老农民,面前有一只茶盅,里面有一些小面额的钱。那个老农民正一把鼻涕一把泪,向围观的人群诉说自己的不幸。原来,他是来县医院看病的,谁知下了客车才发觉那看病的三百元钱被窃了,现在既看不了病,又回不了家,只好在这儿讨一点路费。围观的人们听了,义愤填膺,痛骂扒手。这时,有人便往茶盅里放钱,老农民不住地说着感激的话。

王老好在一旁觉得心里沉甸甸的很不好受。忽然,他想起一个小时前那个满脸横肉的头目说的话,马上便明白了:那三百元钱的财喜正是这个老农民治病的钱啊!这些丧尽天良的家伙!他觉得自己简直不是人,居然和扒手们一起吃喝,而吃喝的钱,又恰巧是和自己一样的农民的血汗钱!

王老好上前一步,在人们惊诧的目光下,掏出身上的两百多元钱,递给老农民,说了声:“老哥,快去治病吧……”就哽咽着不下去了。老农民望着这一大叠汗渍渍的钱,连忙推辞,慌张地说:“不,不……”

“拿着吧,老哥,我……我……”王老好半是惭愧半是激动,硬把钱塞到了他的衣兜里。老农民紧紧地握着他的手,连声说:“好人哪!好人哪!你留个地址吧,我回去一定还你……”

“好人哪”这三个字深深地刺激了王老好,他的脸“腾”地红了,痛苦地摇了摇头,把手从老农民那满是老茧的手掌中抽出来,低头挤出了人群。

王老好沿着大街往前走,他的耳朵里一会儿传来老农民的哭诉声,一会儿传来三个扒手的怪笑声,一会儿传来围观人群中发出的谴责声,一会儿又传来老农民“好人哪”的感激声……

王老好实在忍不住了,他毅然转身向公安局大踏步走去……

(徐吉贵)

莽　　人

怒多横语,喜多狂言;一时偏急,
过后羞惭。

亲密的冤家

　　一天早晨,公路边客车停靠站聚集了许多候车的人,有站着的,有蹲着的,也有来回走动的。有的叹息,有的翘首远望,有的一支接一支地抽烟,还有的不时看手表……显然,一个个都很焦急。

　　可是汽车偏偏叫人受气,你不想它,它一辆辆地来,你越急,它就越不露面。

　　终于,有人喊道:"来啦,来啦!"这声喊把所有的人都惊醒了,大伙扭头一看,前方果然开来一辆大客车。于是一阵欢呼,一个个憋足了劲,没等车子停稳,就争先恐后地朝车门拥去。车门边顿时出现了一个多边形的、五颜六色的"人肉团子"。

　　冲在最前面的是一个三十多岁的妇女,她剪一头短发,穿一件格子花衬衫,配一条西装短裤,文静之中显出几分野气。只见她张开双臂霸住车门,一只脚踏在车门外的第一档踏板上,车门刚打开她就一跃而上……

就在这时,意外的事情发生了。

原来那妇女身后有位青年农民,他今天带着一把柄上带钩的雨伞,大概是为了保护伞,也许是为了防止碰上人,所以他把伞举得高高地往前挤,哪知他三挤两挤竟不知不觉地把伞柄的钩子伸到了前面那个妇女的脖子边,恰恰在这时,那妇女往上一跃,正好将她自己的衣领套到了青年农民伞柄的钩子上,再加上她用力往前一冲,只听"噗噗噗"几声,五颗扣子崩掉了三颗,来了个门户大开放。

这还了得,那妇女满脸通红,要在平时,她非冲过去跟那拿伞的老兄拼命,但今天挤车人太多了,人过不去。那妇女只得一转身,一把抓住伞柄,"叭"地一声,将它一折两断,然后捂住胸口冲上车去。

青年农民见自己好端端的一把伞被人折断,自然心疼,可在这种场合下,也只得忍气吞声地随着众人挤上了车。

青年农民挤上车,东瞅西望,发现了一个座位,一个箭步冲过去占领了。

他吐了口气,抹了把汗,扭头一看,坏了,坐在他身边的竟是那个折断他伞柄的娘们。

青年农民说话了:"你这位女同胞,相貌蛮漂亮,怎么脾气介躁呢?你看看,我这把伞买来才半个月,就让你把柄折断了,多可惜!你……"

那妇女也不是等闲之辈,没等农民把话说完就接上了火:"我怎么啦?我还是客气的!换别人早给你吃几个巴掌了。"

"敢!叫大家评评,又不是我来勾你,而是你自己上钩的,能怪我吗?"

"放狗屁,流氓!"

"不要脸,婊子!"

"畜生!"

"猪猡!"……

真是棋逢对手,不相上下。

但他们都知道,哪怕争上三日三夜也争不出个结果,除了浪费精力和唾沫之外,是不可能争出输赢来的,于是渐渐地火力减弱,最后双方都别转身子停止了战斗。

不知是太疲劳了呢,还是因为昨晚没睡好,不多时,这两个人都打起瞌睡来了。

有趣的是:这瞌睡一打两打竟打到一块去了。女的把头靠到了男的肩膀上,男的把头搁到了女的脑袋上。这原本像仇敌似的两颗脑袋,如今叠在一起,显得那么亲密无间,睡得那么香那么甜,俨然一对热恋的情人。

众人一见这情景,无不哑然失笑。有人说,当他们醒来以后会怎么样?又会说些什么呢?

一个老汉笑笑说:"唉,要是人醒的时候,都和睡着时那样宽宏大量,该多好呀!"

(吴文昶)

出气的锁孔

　　县法院王院长主持了一上午的会议,几件案情研究下来,已经十二点半了。他感觉又累又饿,连忙蹬车回家。

　　他把车子放在楼下过道里,然后上到四层楼,只见妻子脸色铁青,正站在门外生闷气。

　　他忙问:"怎么回事?""你去开门吧!"妻子闷声闷气地回答。

　　他掏出钥匙,却塞不进去。低头一看,才发现锁孔里塞满了泥土,他大为惊异,连说:"怪事! 怪事!"

　　"怪什么怪? 早叫你不要干这个讨人嫌的差事。这不,人家找上门来,小字报也贴到家门上了。""什么小字报?""早让我给撕了!"

　　他低头看到地上的碎纸片,忙拾起来。出于职业的习惯,他竟把它们一张张地拼好了。原来是两句顺口溜："大盖帽，两头翘，吃了原告吃被告！"他把它夹进了笔记本。

可眼前最迫切的问题，是如何能进屋。这防盗门也特牢，四周的长螺丝钉全用水泥固定在门框上，除非用铁钻子钻开厚厚的砖墙，或者用电焊枪把防盗门划开一个洞。两口子一筹莫展。这时他们读小学五年级的儿子水星回来，直嚷肚子饿，过道里便更热闹了。

院长一家被关在门外遭难，惊动了本单位的人，大家都来关心询问，但谁也想不出好主意。后来，还是胖胖的刘副院长说："有办法了！来两个小伙子，跟我到附近建筑工地去借一架长梯子，从后阳台爬上去，在里面把锁卸下来。"刘副院长走出宿舍大院，正碰上县消防大队从城外演习归来，消防车前高耸着的升降梯启发了他，他连忙拦住。消防队长和他是熟人，于是就把消防车开了进来。周围群众以为法院宿舍失火，都拥来看热闹，一时人头攒动，挤得水泄不通。

折腾了好一阵子，一家才进了屋。妻子要上班，儿子要上学，来不及烧饭了，母子两人只好到外面小食店去吃了点东西。临走的时候，王院长才注意到儿子浑身尘土，衬衣扣子也掉了两颗，显然是和同学打了架。他将儿子叫到跟前，问是怎么回事。儿子说："刚到学校插班，有人想欺侮我。我才不怕哩！我说当心我爸爸把你抓了去……"不等儿子说完，王院长喝住他："不要光说别人欺侮你，你的老毛病我知道，要和同学搞好团结。"

可此刻，王院长没有心思同儿子多说，他把儿子打发上学去以后，只觉心里堵得慌。他看着墙上自己手书的座右铭：廉生公，公生明，明生威。自己从区上调到县法院才一个多月，究竟有哪点不廉、不公、不明，才让人家找上门来拿锁孔出气呢？

想着想着，他慢慢冷静下来。反正是有人积了一肚皮怨气，找不到地方出，就往这锁孔里出。这个人可能对我有气，也可能对法院有气。自己是一院之长，自然会找上我的门来。想到这，他倒对自己下一步的工作有了启发。

当天下午，王院长召集全院干部开会。他让大家看了那张拼拢贴好的小纸条，还说，一定要尽快清理本院以往的积案、悬案、冤案，要用行动和事实，让那些骂我们这些大盖帽的人出怨气。如果查出了我们中间确有那种该挨骂的人，绝不姑息！

根据大家提供的线索，法院组织力量，对那些拖得最久、群众反应最强烈的案子，一件件查阅档案，然后依轻重缓急，排出先后，进行补充调查和处理。很快了结了一批悬案。特别是对原来判处过轻的一位副县长的儿子伤人致残的案件，依法作了改判。又根据检察院新提供的证据，对原来免予起诉的县建设银行信贷股长的贪污案重新立案。这一系列举措，在全县引起了极大的震动。

正当他对工作进展感到满意的时候，有一天下班他骑车回家，街上已经华灯初放，到了家，却见妻子和儿子又被挡在了门外。锁孔又被堵住了！深绿色的防盗铁门上，这回有人用粉笔写了和上次同样的两句顺口溜："大盖帽，两头翘，吃了原告吃被告！"

少不了又一番折腾。

王院长感到困惑：为什么老有人指着自己的鼻子骂"吃了原告吃被告"呢？这时，妻子正闷闷不乐地看电视，剧中人物突然冒出一句："你老兄棋高一着，走'夫人路线'，马到功成。"

王院长心里咯噔一下，若有所悟。

他把电视音量开小，一本正经地对妻子说："咱们进城以后，有没有什么人来和咱们家套近乎、拉关系什么的？""没有呀！我从区里调上来，本单位的人还没有完全认识哩！"

王院长见妻子没明白他的意思，又道："我是说我没在家的时候，有没有人来送礼什么的？"

"啊？你是说有人从我这里走'夫人路线'呀？"妻子这回听出了丈夫的话音，不由提高嗓门道，"院长大人，不知道你得罪了什么人，挨了骂，却往我身上怀疑。我是那种人吗？当初要不是看到你为人正派，我会嫁给你吗？我要是那种人，你还能当先进、上北京？"

妻子越说越火。

虽说妻子越说越发火，可他心里倒越感到踏实了，免不了对妻子好言好语加以安抚。

然而，王院长家里闹了两次锁孔被堵的乱子，很快在社会上传开了，而且以讹传讹，越说越离谱。有人说：有人到王院长门上贴大字报，揭发他对原告、被告双方敲诈勒索，贪污了好几万。有人告到省里去了，上面已经派人来调查。还有人说亲眼看到王院长被抓了，被押上吉普车的时候，穿件长袖子衣服把手铐捂着。过去给别人戴"大手表"，现在自己戴上了。

妻子在单位上听到知心的姐妹告诉她这些传说，回到家便告诉了丈夫。王院长听罢，哈哈大笑。他说："这笑话编得真有水平，比听相声还过瘾。"接着他感叹道："自古清官难当。东汉时候有个清官名叫第五伦，得罪了权贵，他没有哥哥，却被人诬告同嫂嫂通奸。这不也是笑话？身正不怕影子斜，由人家说去吧！"

又一天下午，他回家比较早，走到家门口，看见一个小孩正伏在门上干什么，他问："你是谁呀？"

那孩子慌忙回过身来，王院长一看，原来是儿子的同学，过去到家里来过。那孩子一见是王院长回来了，吓得两只手直往身后缩。

王院长起了疑心，拉起孩子的手一看，右手上还有泥团，再看锁孔，已经塞进了一些泥土。王院长非但没有恼火，反而哈哈笑了起来。他在小家伙的头上拍了一下，说："终于抓住你了。你为什么要这样做？"

那孩子低着头，不说话，一侧身就想溜。

"别忙别忙，我不会打你骂你。你告诉叔叔，为什么要这样做？前两次也是你做的吧？"

那孩子一扬头，瞪着眼说："你家王水星在班上欺侮我。动不动就说：'我爸爸戴大盖帽，好威风。'他骂我爸爸是臭摊贩，他说：'我爸爸一生气就抓你个臭摊贩去坐牢。'"

"噢！这么凶？你写的顺口溜是谁教的？"

"我爸爸有本厚书，那上面写的。我爸爸常常念。"

王院长抚着孩子的头说："我叫水星给你道歉，我还要批评他。以后你们要好好团结，有意见当面对我说，不要堵锁孔了，好吗？"

孩子一低头，道："叔叔，我错了！"

看着孩子下楼的背影，王院长陷入沉思：自以为又廉又公又明，实际上对自己儿子的行为就不明；儿子在外打着自己的牌子欺侮人，是不公。不明不公，又怎能做到真正的廉呢?!

（陶世琼）

马大傻绑票

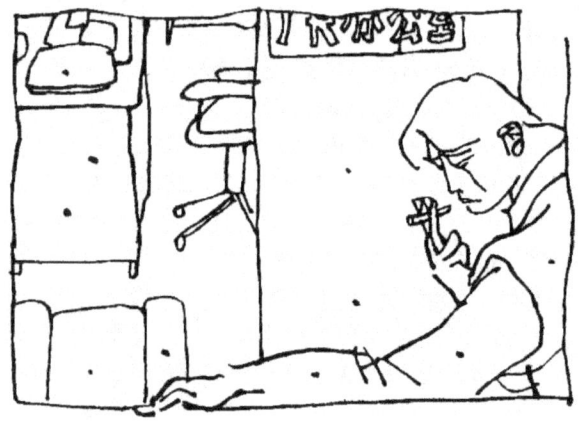

　　马大傻原名马大亚,是市机械厂的勤杂工,今年二十七岁了,因为父母死得早,从小没受过教育,又有点缺心眼儿,所以厂里人都叫他马大傻。

　　最近,机械厂搞承包,各车间各部门都实行优化组合,马大傻被放到机加工车间去打铁板,人家看中的是他的力气。谁知这活儿单凭力气还不行,得有窍门,马大傻不懂,三块铁板倒被他打裂了两块。这天,铁板又打砸了,旁边有人取笑他低能儿,马大傻火了,拿起笤帚就打,正好打在来了解情况的厂业务科科长花云身上,把她手里的一叠账本打落在地上。这还了得! 要知道这花云不仅是堂堂一个科长,而且还是厂长张胜利的夫人。她见马大傻对自己如此无礼,开口就骂,急得车间主任在一边连连赔不是。

事后，马大傻就被调到后勤，专门打扫院子和厕所。这种活说累倒不累，只是工资要比在车间里少拿几十元。马大傻本来工资就不高，这一来生活受了影响，早晚只好吃咸菜了。马大傻又气又愁，气厂长夫人当众羞辱自己，愁今后生活怎么过下去。他想啊想啊，想出一个歪主意：绑票。曾经听人说绑架一次可以拿好多钱，哼，去把花云绑了来，一来解心头之恨，二来解人民币之急，大不了到时候坐牢。坐就坐，反正坐牢也得给饭吃。

别看马大傻表面上傻乎乎，其实还蛮有心眼的，他知道绑票不像吃饭那么容易，所以事先做了许多准备，包括探清张厂长一家的活动规律，还要备好麻袋、绳子、面具一类的东西。

等了两个星期，机会终于来了。

这天，厂里来了一个外国代表团，马大傻知道张厂长要跟外商谈判，晚上一定不会早回家，于是等天黑下来，便悄悄来到张厂长的家。门虚掩着，马大傻心中暗喜，立刻戴上面具，悄悄摸了进去。东屋没人，西屋也没人，马大傻正纳闷，忽听锅铲响，原来这么晚了，花云才刚刚在厨房做饭。厨房里的灯光显得十分暗淡，这给马大傻壮了不少胆，他咬咬牙，一步蹿过去，勒住花云的脖子，眼明手快地把毛巾塞进她口中，花云根本来不及叫出声，挣扎几下就不会动了。马大傻知道她吓晕了，急忙把她装进麻袋，捆上绳子，然后兴冲冲扛回家，往房后灶间一放，灯也不开就倒在了床上。

活了二十七年，马大傻毕竟还是第一次做这号子事，用他自己的话说，这叫"逼上梁山"，所以一夜倒在床上也没睡实，心里老"扑通扑通"乱跳。第二天，他起了个大早，伸头朝灶间一看，麻袋没动，花云准是睡着了。马大傻不想惊动她，于是吞下个冷馒头，推出车子就到街上的公共电话亭给张厂长家挂电话。马大傻对着电话大吼大叫："张厂长，你听着，花云被我绑架了，你马上送五百元钱来，否则我就杀了她。"

话筒里传来张厂长的声音："你是谁?"马大傻道："我叫黑社会。"只听到张厂长的一阵笑声："黑社会同志，你要的价码太高了，少点儿行吗?""不行。"马大傻回答十分干脆。"那我不要人了。"没想到张厂长比他还要干脆，"你杀了她吧。"马大傻愣住了，心里骂道：这家伙，别看是厂长，一点人情味也没有，五百元钱买他媳妇都不肯。没法儿，马大傻要钱，只好降价。可谁知他从五百一直降到两百，张厂长还是不答应，最后张厂长明白地告诉他："我很忙，没时间跟你开玩笑。我告诉你，花云已经上班去了!"说罢，把电话挂断了。

马大傻心里"哼"一声：你不着急，我更不着急，反正你夫人在我手里。想罢，放下电话，骑车直奔工厂。

一进厂门，由于心里有事儿，差点跟人撞上，正要道歉，脸"刷"地白了。原来，那人正是花云。马大傻不由害怕，暗想道：她怎么有这么大本事，会自个儿从麻袋里挣出来? 原以为这次绑架做得神不知、鬼不觉，出了气，拿几个钱，悄悄把人放了就没事了，现在倒好，她知道这事是我马某干的，还会有好果子给我吃? 唉，胳膊毕竟扭不过大腿呀! 马大傻心里"突突"直跳，他越想越害怕，上班也没了心思，中午连饭也没吃，好容易盼到下班铃响，便匆匆回家。

马大傻进门，灯也不拉，一下倒在床上，不料刚躺下，便听见后面灶间里有动静，好像有人在"哼哼"。他心里不由一惊，跳起来奔进灶间，拉灯一看，麻袋居然还在，那人头已挣出来了，是个满头白发的老妈妈。

马大傻着实吃了一惊，急忙拉出老妈妈嘴里的毛巾，把她扶到房间里，问："你是什么人?"老妈妈有气无力地回答："我是张厂长家佣人。""你——"马大傻鼻子一酸，想不到自己千方百计动足脑筋，结果却错绑了一个和自己一样的苦命人。唉，怪只怪自己太粗心,暗灯光里没认清人。

老妈妈望望马大傻,不解地问:"你绑我为的什么呢?"

马大傻叹了口气,把事情的前因后果说了一遍。

老妈妈挺同情地看着他,说:"可你知不知道,这么做是犯法的啊?唉,你真是太傻了。现在,你打算拿我怎么办呢?""我,"马大傻手足无措,"我也不知道。"这时候,老妈妈倒显得很有主意,说:"我看这么办,你放了我,以后我给你洗衣做饭。"马大傻一听就愣住了,不相信地追问一句:"你不会去公安局告我?""为什么要去告你呢?"老妈妈的声音温和而又亲切,"你又不是坏人。"

马大傻的眼睛湿润了,老妈妈虽说是佣人,却能这么理解他,马大傻心里很感激。老妈妈是个爽快人,说干就干,歇了一会儿就开始做饭,虽然是米饭、炒白菜,但比马大傻做的好吃多了。吃罢饭,马大傻腾出床来,让老妈妈睡,自己在地上铺了几张报纸,将就着睡下了。

第二天,马大傻一睁眼,早饭已经做好了,棒子面粥咸菜条。他匆匆吃罢,推车上班。晚上下班回家,老妈妈又已做好了饭菜等着他,他的脏衣服给洗了,裤衩给缝了,枕头上的破洞也给补好了。

自父母去世以来,马大傻还是第一次体会到还有人疼他,不由眼圈发红,呆怔在那里。从前,马大傻一个人过日子,靠工资这几个钱就很紧巴巴的了,如今又添个老人,生活更困难了。于是马大傻白天上班,晚上便去找活做,到建筑工地扛大个儿,帮清洁工清扫街道,赚三元两元、七角八角的,虽然干得挺累,但心里却分外高兴。

有一天瓢泼大雨,马大傻吃罢晚饭又去一家露天仓库扛大包,大概是着了凉,回家便发高烧,不吃不喝,躺在床上直说胡话。老妈妈吓坏了,又请医生又抓药,煎药熬粥,日夜伺候。两天以后,马大傻总算清醒过来,看看身边的药锅,望望一脸倦容的老妈妈,心中一热,情不自禁叫了声"妈——"自那以后,马大傻和老妈妈便母子相称。马大傻对妈很孝顺,尽管手头很紧,每天打工回来都要给妈买几块蛋糕;老妈妈也十分关心儿子,缝缝补补,浆浆洗洗,时不时地还给他讲一些做人的道理。

这一天,老妈妈拿出一百五十元钱,说是原来在张厂长家帮佣时给的工钱,硬让马大傻上街买了几斤五色丝线,随后每天做完家务活就戴上老花镜绣啊绣啊,两天居然就能绣出一对活灵活现的鸳鸯戏水枕套。老妈妈叫马大傻拿着枕套去市里有名的祥云公园赶夜市,说是那儿外国游客多,他们喜欢这种民间工艺品。马大傻将信将疑,可去了几回,回回都是好生意。母子俩高兴得不得了,老妈妈就用这钱给马大傻改善生活,添置生活用品。

这天临睡前,老妈妈突然对马大傻说:"大傻呀,明天是我生日,你打算怎么过啊?"马大傻心里挺热乎,道:"妈,你想吃什么,我去买。"老妈妈说:"我知道你对我孝心,只是我还有个儿子,也要来拜寿,你得准备一下。"马大傻一愣:"你不是说你没儿没女吗?"老妈妈说:"那是因为我怕你犯傻,做出蠢事,才那么说的。其实我有个儿子,也在市里工作。明天,你们见了面可要亲热点儿。"马大傻一听害怕了:"妈,我当初错绑了你,他明天来了,会不会原谅我?"老妈妈笑了:"你放心,再说有妈我呢,你见面叫他大哥就是了。"

第二天正好是厂休,马大傻一大早就提篮子上街买菜,还买回一只大蛋糕,随后帮妈一起在灶间忙活。一切准备就绪,只听一阵敲门声,马大傻知道大哥来了,急忙去开门,谁知道来的不是大哥,而是张厂长。

马大傻看到厂长就有气,把他堵在门外问:"你来做什么?"张厂长笑道:"我来看看,我是厂长,关心职工生活嘛!你这样把客人挡在门外,总不大有礼貌吧?"马大傻斜了他一眼:"我屋里窄，没地方坐。"张厂长还是笑嘻嘻道："那也没关系，我站着说话就行了。""不行!"马大傻一口回绝，死活就是不让他进门。

张厂长沉不住气了："好你个马大傻，你绑架了我妈，还不让我进屋?""什么?"马大傻头"嗡"地一下，脸"刷"地就白了，"闹了半天，我当真还绑了你们张家的人?"他一下子僵在那里，张厂长乘势进了屋。

老妈妈迎了上来，嘴里直喊着："大傻呢? 快把大傻叫进来。"此刻，马大傻的脑海里翻江倒海，他气张厂长，可他舍不下这个可亲可敬的老妈妈，他做梦也不会把这两个人连在一起。他抱着头蹲在地上失声痛哭，觉得自己怎么说也对不起老妈妈，更怕张厂长把他送进公安局。

老妈妈似乎懂他的心思，硬把他劝上桌，说："大傻，其实，妈一年前就认识你了。那回，妈在街上被一个小青年的自行车撞了，是你自告奋勇把妈送进医院，临走连个名字都没留。所以那天，妈一眼就认出你来了，妈知道你不坏。再说，妈十年前还是市里的组织部长，党的政策妈懂，怎么会随便把你告法院呢?"听老妈妈这么一说，马大傻心里的石头落了地，情绪也逐渐平静下来，不禁为自己当初的鲁莽举动羞愧万分。

老妈妈转而又语重心长地对张厂长说："这件事大傻固然做得不对，可你也有责任啊，只顾抓生产，乱裁人，思想工作不跟上去，总有一天要出大纰漏。"张厂长红着脸，低着头，嗫嚅道："妈，我错了，我以后是得注意。"

老妈妈见两个儿子都有悔改之意，便轻松一笑，说："好了好了，你们知道错就好了，今天是我生日，什么也别说了，咱们干一杯。"马大傻急忙给张厂长斟酒："张厂长——"张厂长连连摆手："不要叫我厂长，叫我大哥。"

酒喝多了，马大傻胆子也大了，问道："大哥，你怎么知道我绑架了妈呢?"张厂长狠狠砸了他一拳，说："那天你打电话说自己是黑社会,要五百元钱,我一听就觉得好笑,这哪里是什么绑票!起初我以为是有人跟我开玩笑,直到当晚回家花云说妈不见踪影了,可能回了老家,我联想到白天的电话,才断定是有人错绑了我妈。我拼命回想,觉得声音好熟,一下想到了你。为了弄清真相,第二天我乘你白天在厂里上班,去你家侦察,弄清了真相。我当时很生气,但妈不但批评我,还劝我要给你改正的机会。妈决定留下来,帮助你改变现状,于是就有了以后的一连串事情。"马大傻听大哥说着这一切,望一眼亲爱的妈妈,眼圈又红了。

饭后,一家人商量好,这件事,谁也不准对外讲。可世上没有不透风的墙,马大傻绑票的事到底还是传出去了,人们都说马大傻傻人有傻福。可不是么!不过得福的还不仅是马大傻,张厂长回厂以后,班子成员一商量,决定利用生产下来的边角料,厂里再办一个旅游器材厂,这一来下岗人员都被吸收进厂,工人的积极性充分调动起来了,工厂经济效益成倍往上翻。

终于,坏事彻底变成了好事!

(于　佳)

夜市遇险

"清——甜(个)绿豆沙嘞……"

这夜市上绿豆沙生意最好的就数矮子张。矮子张有一副漂亮的大嗓门，他在京剧团里原是学花脸的，可是他的身材不争气，老长不高，加上气质又怯怯懦懦的，所以一辈子也没唱过一回主角。幸好那时候有大锅饭吃，总算稀里糊涂地混到五十多岁退了休。别人退休都忙着发挥余热，该发的都发起来了，可是矮子张一无本钱，二无胆子，守着一百九十多元退休金虚度了几年时光。直到去年看见夜市红红火火地热闹起来，才动了心思。经过半年多的考察谋算，终于下决心做起绿豆沙生意来。

矮子张别无所长，就是喜欢自己动手搞点家常小吃。绿豆沙是京剧团里的常备夜宵，因为能清火润嗓，矮子张爱吃也爱自已做,想不到现在竟成了赚钱的手艺。由于"下海"太迟,好摊位都叫别人占了,他只好挑着担子四处"打游击"。不过他有一副好嗓子,而且中气尚足,只消用上三分劲,那清亮悦耳、抑扬顿挫的吆喝声,就足以让半个夜市中吵嚷嚷、乱哄哄的人们一齐扭过头来,这力量一点不比那些漂亮影星做化妆品广告的效果差。

矮子张心细,每逢上演叫座的电影,电影院晚上都要加场,这样一过了十二点钟,别人都收拾家伙回去了,矮子张却不动声色,悄悄将担子落到街口别人空出来的地方,等最后一场电影散场,还能卖上个一二十碗的。

今晚附近的大光明电影院放映《秋菊打官司》,矮子张又跟往常一样,在街口处安安稳稳地等着散场。

"绿豆沙!要大、大碗……"

矮子张一惊,抬头只见一个大块头青年站在摊前,一阵浓烈的酒气扑到矮子张脸上,虽然路灯昏暗,矮子张也好像看见了对方血红血红的两只眼睛。

大块头一连喝了两大碗绿豆沙,末了摸摸衣袋,并不见掏出钱来,只是嘟哝了一句,就走了。

这种人,矮子张也不是头一回遇上,除了忍气吞声,别无良法。报告警察么?嘿,除非是杀人抢劫的案子,谁还给你来管这种小事?就算有人管,大不了关他几天,等到他放出来,你就等着砸摊挨刀子吧!

只见大块头没走多远,一屁股坐在街沿上,怪声怪气地唱起来了,一会儿是"爱得死去活来",一会儿是"这点痛算什么"……唱着唱着,忽然又很伤心地抽泣起来。过了一会儿,只见他掏出一把几寸长的弹簧跳刀来,"啪"地打开,又"刷"地收拢;又打开,又收拢……还咬牙切齿地骂街。

矮子张一看这阵势,预感到有不祥的事情要发生。三十六计,走为上计,他当机立断起身收拾家伙。

但是已经来不及了,对面小巷口出现了一位小个子青年,正朝这边走来。矮子张不知道他的姓名,只知道他每天晚上八点钟左右挟着一个黑皮讲义夹从这里走过,到深夜这个时分就回来了。听人说这是一位中学教师,也是搞"夜市"的——去给什么成人自学考试中心上辅导课。

大块头等小个子走近,猛然站起来,将刀收起,袖子一捋,迎面堵住:"你认……认得老子吗?"

"你……不认识呵。"

"啪"大块头一记耳光打了上去。

"你……怎么平白无故打人?"

"打人?今天老子要你的狗命!开你娘什么辅导班,把老子的女朋友也……辅导走了……老子是……好欺负的么?"

"通"又是一拳。

"哎哟!你别……乱说,我……也是结了婚的,怎么会……"

"结了婚的?更坏!第三者!我要你……"

"什么叫第三者你懂不懂?真……混!"

"我不懂?我混?反正,她讲过……她不愿意……跟我好了,我……也不想活啦……"

这最后一声简直像荒野上的狼嗥,矮子张听得毛骨悚然。接下来,他看见两个人在摊前扭作一团,打了起来,小个子当然不是对手,只有挨打的份儿,不时发出绝望的呼救声。

矮子张浑身的血液都像结了冰,他本想挑着担子快快离开这是非之地,但现在他的心被小个子的命运拴住了。眼见跟自己一样的弱者被欺凌,他比别人倍感不平,但他既不敢喊,更不敢上前劝解,他一会注视着眼前的搏斗,一会瞭瞭空旷的大街,巴望有人闻声来救。

但是偶尔有一二人路过,一看这场面,不但不来干涉,反而加快脚步溜之大吉。

就在这时候，大光明电影院散场了，矮子张顿时觉得有了一线生机。

大概大块头也意识到了，他腾出一只手来掏出弹簧跳刀，"啪"地打开，就朝小个子头上戳去，小个子慌忙用两只手死死扼住那握刀的手腕……

"住手！"矮子张不知哪来的勇气，拼力大吼一声，如同晴天里响起个霹雳，路灯也似乎忽闪了一下，连摊板上反扣着的一垛碗也实实在在地歪倒了，最上面的一只掉到地上，摔得粉碎。

大块头愣了一下，小个子趁机猛力一推，反身跑上了大街，一转眼无影无踪了。

大块头没有去追，木头似的呆站了一阵，忽然回过头来，用血红的眼睛瞪着矮子张。

"坏了！"矮子张刹那间感到了恐惧，刚才大吼一声时是来不及考虑这一后果的，现在可要看看自己的乖巧和运气了。

"小师傅，"矮子张沙哑着嗓子叫了一声，"你们两人的事，本来我不该管，但是你们这么一拉一搡，万一……碰翻了我的摊子，那我一家一当不是……什么都完了吗？"

"什么都完了……什么都……完了？都……完……"大块头机械地重复着这一句话。一阵晚风吹过，他打了个寒噤，似乎支持不住，颓然坐到地上，抬头望着夜空，像是在数星星。

矮子张连忙舀来一碗绿豆沙，端到大块头面前："来，来，再喝一碗，解解酒。"

大块头双手接过碗，一小口一小口地慢慢品尝，好像这一碗绿豆沙特别香特别甜，剩下一口还没喝完，他突然抓住了矮子张的手腕。

矮子张头皮一麻，想叫也叫不出声了。

"你是个好人，大好人！你救了他，也救了我……不然，我一刀下去，什么……都完了，都……完了！"说着，又抽泣起来。

"今晚吃了你几碗绿豆沙,身上确实没……没钱了,明天……加倍……还你!"

"不要,不要,"矮子张惊魂初定,又似乎受宠若惊,"你清醒过来……就好,就好。几碗绿豆沙算什么?我多掺一勺水罢了。俗话说,浪子……"矮子张发现自己又说远了,赶快将舌头打住。

大块头走了,又有人来买绿豆沙了,矮子张又忙碌起来。不知是心有余悸还是心有余喜,他的两只手哆嗦个不停,碗里的绿豆沙溢出来,把摊板上洒泼得湿漉漉的,惹得几位老顾客又好气又好笑。

(黄忠远)

深山里的玉兰

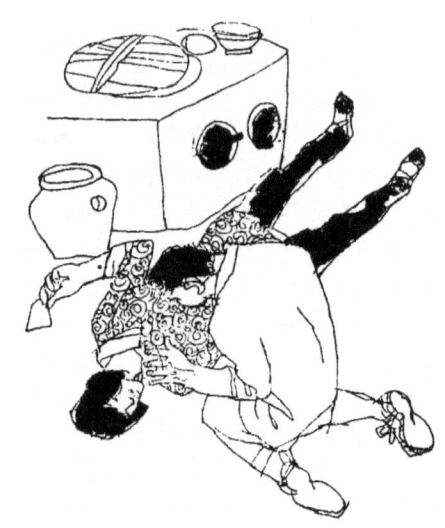

　　在青龙山脉一个小山坡上，有三间独门独户的青瓦平房，这里住着一对青年夫妻。丈夫吴火根，常常翻山越岭到别的村寨去干木匠活；妻子谢春花，独自管理着门前半坡树苗和那三块梯田。夫妻两人没小孩，小日子过得倒还富裕。春花喂着一条大黄狗，名唤阿黄，长得慓悍机灵，整天伴着春花在家。

　　转眼腊月底了，天气特别冷。春花发现火根常常半夜三更才回家，人越来越消瘦，眼眶里布满血丝，春花看在眼里，疼在心里。

　　这天一早，天色灰蒙蒙的，火根的脸色也是阴沉沉的，他坐着抽闷烟。春花看看天色，再看看丈夫的气色，怜爱地说："火根，今天你就在家休息一天吧，瞧你一脸的烟灰色，像个老烟鬼!"谁知火根却粗声大气地说:"倒霉! 一大早就听你的晦气话! 不行,今天我得去算工钱。有了钱,咱就关起门来过新年。"他说完,背起木匠家什出门走了。春花看着离去的丈夫,很不放心,就向阿黄努努嘴,聪明的阿黄尾巴摇了摇,跟着火根去了。

这天傍晚,春花早就煮好了香甜可口的糯米枣子粥,煎了两只蜡黄的荷包蛋,站在门前,翘首望着山道,盼着火根回来。可是左等右盼,直到半夜,仍不见火根的影子。春花心里感到不安,她独自坐着,手里拿着针线活,却呆呆地看着灯光出神。忽然,春花听见远远的狗叫声,啊,是他们回来了,春花急忙开门。只见阿黄窜进屋里,又是叫又是跳,春花不见火根的身影,急忙问:"阿黄,主人呢?"阿黄不停地摆着尾巴,用嘴衔着春花的裤管就往外拖。春花心里惊疑,急忙拿了电筒,慌慌张张跟着阿黄走出了家门。

春花跟着阿黄,沿着蜿蜒的山路走啊走,来到了一个山坳里。春花一看,这儿是龙爪坡坟地,大坟、小坟满山遍坡,远处传来"哗哗"山泉声响,四处黑黝黝的。春花不禁倒抽了一口冷气,不敢再往前走,可是阿黄还是一个劲地扯她的裤管往前拖。春花用电筒朝四下一照,猛地惊得"呀"一声叫了起来,只见火根倒在杂草丛中,嘴巴里塞着一团棉花,手脚全被捆绑着,衣衫扯破,满脸全是泥污和血。春花奔过去,扯下火根口中的棉花团,一边给火根解开绳索,掏出手绢轻轻擦着他脸上的血污,一边询问着情况。

火根哭丧着脸告诉春花,今天他领了工钱,回家路过青龙镇,一时来了兴致,便到小酒店喝了几盅白酒。谁知却醉倒在酒店里。等到一觉醒来,已经天黑了,他这才和阿黄急急匆匆往回赶。没想到走到这里,突然从黑暗中蹿出两个戴大口罩的人,把他打倒在地,抢走了钱包,又把他捆绑起来。火根边说边"呜呜"地哭。

春花心痛地说:"钱是小事情,人伤着了吗?"火根摇摇头说:"只伤了鼻子,出了点血,不过那三个月的工钱……"说着又哭了起来。

春花不停地安慰着火根,扶起他就要翻山去青龙镇报案。谁知刚走了两步,火根"呀"了一声,一个趔趄,春花忙问怎么回事,火根说腰疼。春花看火根这副模样,只得搀着他回家了。

这天晚上,春花躺在床上,怎么也睡不着,她心痛火根遭到歹徒殴打,心痛被抢走的两百多元钱,这可是火根起五更、挨黄昏挣来的血汗钱哪!她看看身旁的火根,已经"呼呼"睡熟,她轻轻地抚摩着火根的手脚,慢慢地合上了眼睛。忽然她迷迷糊糊看见两个戴大口罩的黑衣大汉,正在抽打火根,火根被打得躺倒在杂草丛中哀嚎着……春花怒火中烧,不顾一切地扑上去……忽然,春花觉得脸边有个毛茸茸的东西在蠕动着,她一下子惊醒了,原来是个噩梦。眼前,只见阿黄前爪趴在被子上,用头在拱自己。再一看,咦,身边的火根不见了,一摸被窝还有点热。她立即翻身坐起,仔细一听,厨房里有声响,她赶紧披了棉袄,轻轻地穿过客堂,从门缝向内张望。只见火根从橱里搬出了铜脚炉、铜面盆和一只铜香炉,正忙着一件件往麻袋里塞。春花知道丈夫是有夜游症的,可看他样子又不大像梦游。奇怪,这几件铜器是祖上传下来的,平时一直当作"老古董"放在橱里,他拿出来干什么?她疑窦顿生,可她没有惊动他,便轻手轻脚回到房间,假装睡了。

过了一会,火根轻轻回到房间里,见春花睡得正酣,他钻进被窝里,不一会真的睡熟了。

第二天一早,没等春花起床,火根就带着木匠家什,只说了一声"我去青龙镇报案",就匆匆出门了。春花等火根出了门,就马上从床上起来,透过窗门,看着火根背着那沉甸甸的麻袋的背影,她心里在想:火根准是心痛那被抢走的两百多块钱,才想到变卖铜器,换钱过年。唉!火根呀,火根,你怎么不和我商量一下?她想着急忙转身打开箱子,打算把平时积聚的几百元现钞拿出来,等火根回来,让他喜欢喜欢。谁知,她翻箱倒柜翻了半天,存放的钱全不翼而飞了!春花惊得双腿一软,呆坐在床沿上。

春花愣在那里,把昨晚发生的事前前后后想了一遍,越想疑云越重,越想越觉得其中必有文章,于是立刻站起身,带着阿黄,来到昨晚火根被劫的地方,仔细察看,并没有发现有什么扭打过的痕迹。这时阿黄蹲在一块大青石上"汪汪"直叫,春花走过去,见大青石旁有一堆烟蒂。春花终于明白,火根昨天坐在这里,抽了半天烟,才自绑自缚好,然后让阿黄回家。火根为什么要演出一场自绑自缚的假戏?春花一时还没解开这个疑团。

这天已经是腊月二十九了,小年夜,乡邻们忙得热火朝天,可春花根本没心思操办过年。她心中气恼,坐立不安地等着丈夫回家。到了下午,在西北风呼啸中,下起了雨雪,春花的心里像灌满了铅,又凉又沉重!直到天黑之后,忽然,阿黄竖起耳朵叫了两声,蹿出门外。春花赶紧打开门,惊得差点叫起来。只见火根从头湿到脚,蜷缩着身子,站在大门外,冻得瑟瑟发抖,脸色焦黄,嘴唇发青,两眼直愣愣,布满了血丝。春花本来想大骂他一顿,可一见这情景,那股怒气早已不知跑到哪儿去了。她忙扶着火根进了屋,一摸火根的额头,不得了,滚烫滚烫的,于是忙着冲姜茶,服侍火根睡下。火根一头倒在又松又软的被窝里,立即昏昏沉沉睡去,这时春花才想起昨夜里的事,看着火根烧得迷迷糊糊的样子,她叹了口气,拎起火根那身湿漉漉的棉衣裤,来到灶间。

春花弄了点刨花引火,用木屑燃起一堆火,给火根烘烤湿衣裳。烘着,翻着,"扑"一声,从火根的棉袄口袋里掉下一张折得四四方方的白纸。春花打开一看,只见上面写着:

　　吴火根欠张山叁佰元正，自愿将三亩麦苗抵债，明年麦收后清账。立据为证，一式两份，决不反悔。

　　　　　　　　　　　　　　　　　立据人：吴火根

　　春花一看到张山这名字，头"嗡"一阵作响。这个张山曾因聚赌成性劳动教养过，万万没想到火根会和他混在一起，还欠他的账！呀！原来家里的现款和三个月的工钱，还有那些塞进麻袋的铜器，全因赌博输了，现在连三亩青苗也押上了赌台！春花气得揪心般痛，只觉得胸口发闷，一阵恶心，眼前一黑，身体一晃，顿时倒栽在行灶旁，昏死过去。

　　火根昏昏沉沉睡得正沉，突然被阿黄的一阵叫声闹醒了。他摸摸一旁被窝冷冰冰的，发觉春花没睡，抬眼朝外一瞧，满山白雪皑皑。他急忙披衣下床来到灶间，推门一看，只见春花昏倒在地上，手里攥着那张欠账字据，身边是自己那件烤干的棉袄。"春花……"火根惊叫一声，扑了上去，抱起春花，一摸手脚冰冷，鼻孔里没有一丝热气。火根骇得没了魂儿，看来自己闯下大祸了。春花看到了欠账单据……她……她自杀了！火根又惊又悔又心痛，不由号啕大哭。一旁阿黄也蹲在女主人的身边，不停地舔着她的手背，似乎也在呜呜哭泣。

　　火根现在已经后悔莫及了！两个多月前，火根在镇上结识了一帮朋友，先是打打牌，玩香烟输赢，天天赢得香烟抽不完。后来认识了张山，玩起钞票输赢来，火根赢了几次，尝到甜头，发现这可比捏斧头、锯、刨省力多了。他想赢一大笔钱后就洗手不干，谁知以后却倒了霉，越输越多。他越输越想翻本，就这样把工钱输光了不说，还把他和春花积攒的钱都输了进去，弄得债台高筑，走投无路。昨天，他没法向春花交待，才演了一场自绑自的假戏，回家后又趁春花熟睡时，偷出铜器打算变卖后再去翻本,哪知背到旧货店打开一看,竟全变成了石块、瓦罐和破锅盖了!他感到惊讶,但他没有多想,自然更不敢声张,就咬咬牙,把自己的木匠工具全变卖掉了。他拿了这些作赌本,又赌了一天,赌得眼睛发红,浑身发烧,结果还是竹篮打水一场空,反把三亩麦苗也给赔上了!不想如今竟弄得家破人亡!

火根在堂屋里搁了木板,让春花躺在上面,哀哀哭着,不知如何是好。哭了一会,他猛地想到今天是年三十,青龙山有个风俗,死了人不能隔年开丧葬冷尸,谁家新春开门家里停着隔年冷尸,这个宅子就会一年里败掉。火根只好含着泪,包了些旧衣物,先上镇卖了,换些钱,再回家请了几位邻近乡亲,帮忙用几块旧门板拼拼凑凑,钉了一口棺材,并按照当地的风俗,把春花的棺材抬到龙爪坡地,找了块背风向阳的地方,搁在垒起的石块上面,又在棺材上盖了厚厚的草披,先让她露葬两个月,等过了清明节,再入土修坟。火根跪在棺材前,又悔又恨,哭一声春花,捶一下自己的脑袋,直哭得帮忙的邻人也陪着流了不少眼泪。哭了一阵,在大家劝说下,他才孤零零地回家。可是阿黄却"呜呜"地摇着尾巴,说什么也不肯离开坟地。

天黑了,邻居们都回家了,火根看看三间空屋子,想着自己怎么会这般鬼迷心窍,如今弄得家破人亡,人财两空!他越想越悔,越悔越恨,突然发疯似的抓起竹刀,对着自己的左手食指"啪"一刀砍了下去。鲜血顿时从被砍断的伤口处汩汩涌出,痛呀,十指连心,痛得火根额角上直冒汗,痛得火根心如刀绞。但他觉得只有这样,刺痛的心才好受一些。

火根本来就在发烧,妻子突然死亡的沉重打击,再加上断指流血过多,他倒在床上,昏昏沉沉,整整睡了三天三夜。第四天早上,才支撑着虚弱的身子走进灶间。平时热气腾腾、香气诱人的早点心不见了,换来的是灶头冰冰凉,锅盖上蒙着一层灰。他不禁鼻子一酸,眼泪"簌簌"掉下来,他简直不敢想以后的日子怎么过!

这时,只听得门"呀"的一声,阿黄悄悄钻了进来。几天没见,阿黄也变了,只见它肚皮干瘪,皮毛干枯,它走到火根面前,瞪着两只可怜巴巴的眼睛,望着主人,一个劲地摇着尾巴。火根仔细朝它一看,只见阿黄的颈项上挂着一个干荷叶包,火根感到奇怪,就伸手摘下荷叶包,打开一看,只见里面是两块香喷喷的葱油饼。火根三天滴水未进,见了这香喷喷的饼,倒引起了食欲,他舀了一碗凉水,就吃了起来。他一边吃,一边看看蹲在自己面前的阿黄,不禁感到奇怪:阿黄是从哪儿弄来的油饼呢?又是哪个好心人把油饼包了系在阿黄的颈项上的呢?

第二天,阿黄又摇头摆尾地进来,火根一看,颈项上又挂着一只荷叶包。火根解下小包,打开荷叶,里面是一包干草,草里有个小纸包,左一层,右一层,打开纸包,里面包着一只骨牌和一根火柴。火根大惑不解:骨牌是赌钱的赌具,这火柴是什么用意?这一层层的纸又是什么用意?火根看看自己的断指,再看看那只骨牌,哦,他似乎明白了:这小包告诉我,赌博总会暴露的,就像纸头包不住火一样。火根拍拍阿黄的头,说:"我懂了,我知道应该怎么做了。"

正月十五那天,从青龙镇赶集回来的人说,镇上捣毁了一个秘密赌窟,为首分子张山已被拘留起来!火根听到这消息,一口气跑到龙爪坡坟地,抚摸着春花睡的棺材,眼里含着泪,轻声说:"春花,张山归案啦,我这回是戴罪立功的啊,你这下可原谅我了吧?"这时,只见阿黄又摇头摆尾走过来,火根一看,它颈项上又挂了一个荷叶包,打开一看,是四只糯米团子。火根再也耐不住了,他拍拍阿黄说:"阿黄,春花不在了,现在只有咱俩相依为命,谢谢你帮了我的大忙。你告诉我,是谁在暗中一直关心着我,你能不能带我去见见那个不露面的好心人?"阿黄懂事地摇摇尾巴,带着火根离开了坟地。

火根随着阿黄，沿着山路，穿过一片密密的树林，只见树林深处有一间小木屋，外面围着一圈木栅栏，木栅栏里大树桩当桌，小木桩当凳，桌上放着一盘团子。火根上前一看，和自己刚才吃的团子一模一样。阿黄"汪汪汪"叫了三声，只见木屋里走出一位老太太。阿黄见了她，便亲热地蹿上前去，又是叫又是跳，一下子钻进了木屋里。老太太冷冷地从头到脚打量了火根一番，然后把眼光落在他那只包着纱布的断指上。火根藏起手，有礼貌地上前说："老太太，我就住在前山，叫吴火根。今天我是特地来感谢您的，谢谢您一直照顾着我和阿黄……"谁知老太太没等他把话说完，就板着脸、撇着嘴说："我可是看那只丧家犬可怜，省了点剩粥剩饭给它吃。你是堂堂八尺男子汉，断了半只食指，难道还有的九只半手指都不中用了，甘心受人施舍吗？哼，还有脸来谢我！"

听了老太太的话，火根羞得两颊通红，他不声不响回转身，耷拉着脑袋回家了。

火根推门进屋，听到灶间里有响声，他探头朝里一望，只见阿黄正用前爪在柴堆里扒什么，火根走上去，搬开堆着的柴草，看到柴堆里露出一只麻袋角。火根感到惊奇，就用力一抽，啊，麻袋沉甸甸的，打开一看，原来里面竟是那天自己想去变卖的铜脚炉、铜面盆和铜香炉！火根双手发抖，捧起这几件东西，泪水又不由淌了下来。他心里明白，这是春花那天用调包计保存下来的唯一财产呀！

第二天，火根背上麻袋到青龙镇卖了铜器，又买了一套木匠工具，他决心鼓足勇气，重操旧业。

一转眼，清明节到了。这天，火根来到春花的棺木前，摆上供品，跪在地上，默默地哀悼着春花。忽然，只见阿黄乱蹿乱叫，爬到棺材上，扒去上面的草披，露出了棺材盖。火根心痛得跳起来大声呵斥，正要赶它，突然发现棺材盖开着大大的缝，他扑上前一看,不由大吃一惊,棺材里空荡荡的,哪里有春花的影子?

火根顿时惊呆了。可是阿黄却摇头摆尾直在火根身边转,一会儿咬咬火根的裤脚管,一会儿跳跳蹦蹦,硬把火根往家里拖,火根奇怪地跟着阿黄离开了坟地。

山路曲曲弯弯,阿黄越走越快,转了个弯快到家门前时,火根远远看见自家屋顶的烟囱正炊烟袅袅,门前晒着衣被,阿黄欢快地"汪汪"直叫。突然,家里的门开了,一个端庄美丽的年轻女子走出门来,倚在门边,笑眯眯地看着自己。

火根一看,呀,是春花!他的心一下子怦怦直跳,他以为自己眼睛花了,忙用袖管擦擦眼睛,果然是自己那善良贤惠的妻子。他奔上前去,一把紧紧抱住了妻子:"春花——"

这时,从屋里又走出了一位老太太。火根一眼就认出她就是那森林深处小木屋里的老太太。老太太告诉火根,腊月二十九晚上,春花在烘烤衣服时,因为悲愤气塞,同时因受陈年霉烂木屑烟火的毒气所熏,昏厥过去。当时火根没有求医抢救,匆匆将春花入殓了,幸亏那口薄皮棺材四面透风,到当天傍晚春花就苏醒过来。阿黄听到响动,就一边拼命扒棺材,一边大声狂吠,惊动了过路的老太太,便把春花救回了家。

火根这下明白了,他惊喜愧悔,流下了激动的泪水。老太太笑呵呵地说:"这些天,春花啊人在我的身边,可她的心一直拴在你的身上!"

吴火根浪子回头,谢春花回家团圆,这对小夫妻又开始了新的生活。

(陆关兴 钱昌萍)

贪者

欲得更多反而失去一切，这样的下场贪心之人常得。

张蛮缠索赔

靠山村有个人称张蛮缠的人,这个人不赌不嫖,干活儿也不赖,就是爱耍蛮缠。但他不蛮缠本村人,就喜欢跟外地来村的人蛮缠。比如说,来个耍猴的、说书的、唱曲儿的,他都要插进去,蛮缠一番,从中弄个块儿八角的,混了日子也沾了点儿油水。他女人黄蕊虽然对他这个毛病有看法,可是缠不过他,再说他能缠些钱给家里带来实惠,也就由他去了。

这天早上,张蛮缠吃了早饭擦擦嘴,然后一根接一根地抽烟,他妻子见他无事干,随口说:"河边来个养蜂的,你去跟人家学学,来年咱也养它几箱蜂。"

张蛮缠一听,立即甩了烟屁股,起身就去找养蜂人。

张蛮缠来到河边的老柳树下,细心地数了数蜂箱,就马上衡量出这个养蜂人的经济收入。他心里盘算：这家伙不给爷们弄点蜂蜜吃吃就对不住爷们。于是，他来到帐篷外，咋咋呼呼道："谁的蜂？谁的蜂？"

养蜂人这时候正忙着收拾用具准备摇蜜，听见有人叫，赶忙出来。

养蜂人给张蛮缠递了香烟，点了火，小心地问："老哥，你有啥事？"

张蛮缠吸了两口烟，把河上、河下巡看一遍，说："事不大，只是有些问题想跟你沟通沟通。是这么回事，你来放蜂，我们欢迎。不过，这河岸上的油菜都是我的，都叫蜂蜇了，怕会减产。我想这个损失你是该赔的。给斤蜂蜜咋样？"

养蜂人知道遇上乡村里的球皮子了，他觉得一二斤蜂蜜值不了几个钱，得罪了地方无赖就麻烦了。因此，大方地到帐篷里取了三瓶蜂蜜出来，塞给张蛮缠，说："你老兄拿着，不够用你再来。"

张蛮缠抱着蜂蜜往家走，走着走着，他突然觉得养蜂人可宰，要一斤给三瓶，要十斤怕会给一担。大方人不宰白不宰！

于是，他又转回身去，走到养蜂人帐篷前，见养蜂人已戴了纱罩准备摇蜜。张蛮缠灵机一动，忙用手捂起鼻子，嘴里呻吟着对养蜂人发出"哎哟哎哟"的叫喊，一副很痛苦的样子。

养蜂人停了手中的活儿，取去纱罩，细心地问道："咋了？"

张蛮缠又"哎哟"了一声，才说："你放的是啥球蜂，把我鼻子蜇肿了，跟羊蛋一样。"

养蜂人关切地要取下张蛮缠的手："我看看，我看看！"

张蛮缠蹦起来，"哎哟"声更大了。

养蜂人心里琢磨：这家伙耍啥花样哩！连忙说："对不起，对不起，要不要抹点清凉油？"

张蛮缠说："别管了，咱们去乡派出所吧，叫派出所断个公道。你的蜂蜇了我油菜事小，蜇肿了我的鼻子，以后得败血症咋办?"

听话音,养蜂人认定这家伙是要诈钱。他想:去乡派出所也不一定能断出个公道来,谁知道派出所所长是他姐夫哥还是小舅子?而更主要的是眼下是流蜜季节,摇蜜必须及时,要不然炸了群就难收拾了。于是,养蜂人便给了张蛮缠两百元了事。

张蛮缠接过钱,回到家越想越觉得这生意不错,因此,吃午饭时特意让妻子炒了两个菜,买了瓶白酒,自吃自喝起来。喝到半瓶时,他当着妻子面把两百块钱点了两遍。

妻子见了说:"老欺负外乡人算啥本事?有能耐凭手艺挣!"

张蛮缠说:"能欺外乡人就是本事,从外乡人手里弄来钱就是手艺。你哩,啥手艺?啥本事?还不是靠老子养活你?"

张蛮缠在妻子面前蛮横惯了,所以,妻子听了也不再计较,只低头吃饭。张蛮缠见妻子不理会,就直截了当地叫妻子下午去找养蜂人,说是被蜂蜇了胸脯,要去乡派出所断个公道。养蜂人要是不去就掏钱。还说给少了不行,至少得给五百块才能了事。

妻子说:"放屁,蜂又没蜇我……"

"没蜇也说蜇了,没蜇我鼻子我都说蜇我鼻子了。"

妻子说:"屁话,人家要看看蜇的伤咋办?"

张蛮缠说:"不让看。上午他要看我鼻子,我就是捂着不让看。他要是一定要看,就叫他看。"

妻子说:"那我还是人不是人?"

张蛮缠郑重地说:"只要能拿回来钱,叫他小子看个够。"

吃好饭,妻子自去忙她自己的活儿,张蛮缠把她拦住了,逼她去找养蜂人。妻子见张蛮缠当真要她干不要脸皮的事,气愤地说:"还叫我当人不当?"

张蛮缠可不管她情愿干不情愿干,对她下了死命令:去也得去,不想去也得去。

两人吵了起来,张蛮缠先是抡起巴掌把妻子揍得鼻脸出血,接着又使出软招替妻子抹泪擦脸。在张蛮缠的软硬兼施下,妻子只得去找养蜂人。

妻子临走时,张蛮缠又交待道:"你记住,我就藏在帐篷后面的油菜地里,看我的信号行事。到时候,我拿根柳枝儿,摇一下,说明不让看,给五百块算了;摇三下,你解衣襟;摇五下你就……你敢不听我的话,小心我剥你的皮!"

妻子来到帐篷前,养蜂人正在喝酒,一抬头见一女人站在面前,养蜂人客气地给她让座,温和地说:"吃饭了没有? 来,喝杯酒。"

妻子一时不知该说啥,慌乱间,看见对面的油菜地里有根带叶的柳枝儿,直直的竖着。

妻子胆怯地说:"你的蜂……"

养蜂人站起来,吃惊地问:"我的蜂怎么了?"

妻子艰难地回话:"蜇了我……"

养蜂人急问:"蜇哪儿了? 我看看。我这儿有清凉油,你抹抹。"

妻子急得额上冒汗,张了几次口,啥都说不出来。

养蜂人显得不安,又问:"对不起。蜇哪儿了?"

妻子张张口,摸摸隆起的胸脯,背过身,泪水就流了下来。

养蜂人傻了。面对着一个跟自己年龄相当的女人,本来就是个尴尬局面,女人偏又说蜂蜇了那地方,这咋好看? 他一时不知该怎么应付?

妻子觉着养蜂人怪老实,不忍心照男人的安排去讹诈,可是她一看到柳枝儿,害怕了,只好机械地说:"我男人……说你的蜂蜇了……要跟你去派出所断个公道。你不去,就给俺赔五百块钱。"

这一说,养蜂人明白了,这跟上午的那个男人是一个圈套。

无非是讹钱。养蜂人嬉笑道："赔五百？不赔。世界大了，蜂也多了，不是我的蜂蜇，我可不承担法律责任。再说了，蜂蜇没蜇，我也弄不清，我又没亲眼看到。"

躲在油菜地里的张蛮缠觉得这是个很好的台阶，妻子应该趁机撕开衣襟了，谁知妻子没干，张蛮缠急了，赶紧把柳枝儿摇了三摇。

他妻子只好遵旨解扣子。可她刚摸着扣子，手就发抖，心像刀割：看我昏到哪一步了？为几个钱不知羞耻，这不跟靠卖身吃饭的妓女一样了？她一个扣子没解开，手慢慢地放下了。

张蛮缠一看，急得从油菜地里蹿出来，跳到妻子面前，抓起她的衣襟"嘶"一声响，妻子衣裳被撕开了。张蛮缠转过身，对养蜂人吼道："你想看？好吧，看吧！看吧！"

他妻子再也受不了了，尖叫一声，哭着跑了。

张蛮缠顺利地从养蜂人手里索得一千元赔款，回去后，自是整日吃肉喝酒，日子过得不错。他打算第二年油菜花开的季节再这么干，谁知油菜花未败，他妻子就在靠山村失踪了。人们都说，是跟养蜂人跑了。

张蛮缠急了，他花了几千元到处寻找。可是直找到第二年油菜花又开放时，既没找到妻子，也没见到养蜂人……

（阎英明）

幕后高参

　　这天,成衣制造厂的技术员晓东走在南京华山饭店门前的小营路上,拿着一把硬币,在手上玩抛接,一不小心,一枚硬币滚到了路旁树边的草丛中,他立即弯腰伏身去寻硬币,发现水沟边有一条精致的金属链子。

　　那链子呈银白色,莹莹如中秋月光,当他喜爱地捡起链子时,链子的一头竟拴着一部 BP 机!

　　"哈哈!"晓东喜得放声大笑。也难怪晓东如此高兴,因为他一个月才 400 来块钱,哪来钱购买这种现代化的奢侈品,今天突然捡到了这样一部高级的中文传呼机,他激动得久久平静不下来。他试着把 BP 机往自己腰间一别,顿时觉得自己腰板硬了,步子也迈得更大更轻快了。

当他高兴地把 BP 机玩了半天后,便开始注意 BP 机上显示的中文短语。第一天出现的中文短语一共有九条,其中有三条这样写着:

"请回话,129—2281205";

"尽快准备资料,否则小心革命铁拳的痛击";

"在我面前,难道你真是岩石视觉吗"。

透过以上简短的信息,晓东很容易就推断出失主是个年龄估计在 28—38 岁之间的男子。他是干什么的呢? 晓东不由又产生了一丝好奇心。他想,失主可能是个老板或者经理,从"小心革命铁拳的痛击"九个字分析,他一定交友广泛,不拘小节,而且很有个性,但不会是个追腥逐臭的花花公子,否则他不会在一个女人面前只有"岩石视觉"的。

晓东接着往下想,能在女人面前如此沉着的人,那么他在风云变幻的世事面前也应该能保持冷静的头脑,长此下去,他在生意场上又怎能不无往而不胜呢?

"这家伙多半是个大款!"晓东最后下了如此断语。他想此人既然是个大款,那么一部中文机对他来说,只能是狗屁一个,丢了再买一部便是。然而对他晓东来说,买这样的机,就得整整五个月不吃不喝付出全部收入才成! 晓东知道现在很多寻呼台有接受用户带机入网业务,一部 BP 机改号入台只需 50 元手续费。于是,晓东就有心吞下这部中文机了。

第四天,当他凑齐了改号费及半年服务费,准备寻个寻呼台办理带机入网手续时,腰间的 BP 机突然响了,晓东低头一看,只见上面显示了一行小字:"急收中成股!"

这几个字再一次将晓东的好奇心吊起来,虽然他对股票证券一窍不通,但他还是情不自禁地就近走进了一家证券公司。

证券公司里面人声嘈杂,宽大的显示屏上不停地跳动着一行行数字,下面围坐着一大群人,都死死地盯着显示屏,脸上喜怒哀乐什么表情都有。

晓东东张西望了半天仍不知所以，便表情诚恳地向身旁的一位中年男子讨教："大哥，我二弟出了点车祸，现正住在医院里，他手头还有一些中成股，托我专门来瞧瞧行情。我是一个外行，什么都看不懂……"

那人听了头也不回地说："中成股？快抛吧，都成垃圾股啦。"

晓东一愣，垃圾股？垃圾股是什么股？再一想：股票前加上"垃圾"这个定语，多半不是什么好股。但 BP 机上为什么要显示"急收中成股"呢？

晓东临阵磨大刀，图个不快也光，他很快便弄清楚了中成股的近况。原来，中成股半年前上市后，劲头颇足，股价由 2.40 元激增到 18.70 元，净增近 8 倍！是长达数星期的绩优股。然而就在几天前熊市忽降，引发一阵狂抛风潮，中成股一溃千里，股值由 18.70 元暴跌至 4.10 元，被人视为垃圾股。

在弄清以上情况后，晓东想：打"急收中成股"的人多半是 BP 机主人的密友兼高参，凭直觉，这个 BP 机主人目前多半钱场得意，财路旺盛，那么，这个"密友兼高参"的意见便必定大有道理。

晓东想"舍不得孩子，套不着狼"，他立即回家将积蓄多年的 4000 元钱取出了一半，收购了 500 股中成股。

这 500 股中成股一入腰包，晓东的日子可就再也不好过了。以往他一有空闲，不是玩电子游戏机，就是"砌长城"，再不就在一些小舞厅里狂扭穷吼一阵子。可现在的晓东一有空就站在证券公司的显示屏前，那可真是"神色凝重意无涯，为谁风露立中宵"啊。

可是，在随后的几天里，中成股继续下跌，几次差点把晓东搞成高血压当场晕倒。

总算晓东笃信这个 BP 机主人的"密友兼高参",中成股在跌至 3.20 元时开始反弹,并顽强挺进至 8.20 元,在接到"中成股可抛"的讯息后,晓东果断地全部抛出,净赚 2000 元!

拿着一大把票子的晓东喜得眉开眼笑,从此他再也顾不上带机入网了。在这个"幕后高参"的指导下,晓东炒股得心应手,渐渐在一些小股民中小有名气,屁股后渐渐也有了几个追随者。小名人的得意让他颇有些飘飘然羽化成仙的感觉了。

只可惜战场上无常胜将军,股市上也一样,在风光了两个月以后,晓东的一大宗股票终于被套牢,他每天早上从梦中醒来,不得不面对又损失了 1000 元人民币的残酷现实,心惊肉跳的晓东再也顾不得"幕后高参"的高见了,趁着心脏病还没来得及发作,强行把手上所有的股票全部抛了出去,然后头发昏、脚发软、额头直冒虚汗地走出了证券公司。回头一算总账,净赔 400 元!肉痛已极的晓东对这部捡来的 BP 机恨得咬牙切齿,真恨不得立刻把它给摔了,再踏上一只脚,叫它永世不得翻身!

就在他对着 BP 机龇牙咧嘴、竖眉毛、鼓眼睛的时候,BP 机又响了,上面显示了这样一排小字:"28 日由渝抵宁,薇。"

晓东盯着这几个字愣了半天后,一个主意顿时涌上心头,他气恼地想:你害我损失了 400 元钱,我就要理直气壮地泡你的马子! 哼,谁让你在我必经的小营路上丢下这倒霉的 BP 机呢!

说起这个"薇",最近几天已多次在 BP 机上显现,那时晓东正忙于了解股市行情,无暇顾及。此时,不由联想:这个薇是不是那个 BP 机主人"岩石视觉"下的大美人呢? 有可能! 既然这个美人在 BP 机主人面前得不到温暖,那么,如果我趁机在她面前开展柔情攻势,说不定她会移情别恋投入我的怀抱呢!

主意一定,晓东立刻着手准备,他首先把自己的小屋清理了一番,并象征性地作了一下装饰,顿时觉得自己这乱得像狗窝似的小屋明亮、温馨多了。他不由暗自发出了一声感叹:是啊,生活中是不能缺少女人啊!

　　三天后的上午十时,晓东一手举着一束鲜花,一手举着一个"接重庆来的薇小姐"的牌子,准时出现在南京机场出口处。果然不一会,就见一个衣着朴素的大学生模样的漂亮女子款款走到了他的面前,一双大眼睛困惑地望着晓东几秒钟后,问道:"帅菲呢?"

　　晓东终于知道了BP机主人叫帅菲,他觉得这名字也真他妈的不一般。心里立刻又产生了一种不平衡:为什么有的人天生幸运,事业、女人、金钱应有尽有,而像我晓东之辈就如此艰难不幸,连名字也平凡无奇?

　　但他马上就意识到了自己接机的目的,立即满脸堆笑,口气温和地说:"帅哥有急事去海南了,他知道你要来,特别嘱咐我来……陪陪你。"

　　晓东边说边把花递了过去,又顺手把薇小姐的行李接了过来,然后两人一齐向机场巴士停靠处走去。晓东边走边说:"哎,薇小姐,我叫晓东,认识帅哥的时间虽然不很长,但也经常听他提起你。"

　　"是吗? 他在背后怎么说我?"薇小姐回头一笑,险些把晓东给迷晕了。

　　"他……他说……薇小姐虽然自个儿赚钱不少,但向来喜欢素面朝天,既不爱装扮,也不喜招摇,却仍然天生丽质,今日一见,果然名不无虚。"

　　"他真这么说吗? 哎,你也怪会说话的。"

　　接着,晓东借口"打的"太闷,两人就坐了机场巴士。一路上在交谈中,晓东很快知道这个薇小姐本名叫罗美薇,江西南昌人,去年在北京颐和园游玩时与帅菲相识。她看中帅菲英俊潇洒,气质不凡,便芳心萌动。谁知落花有意,流水无情,对方一直只当她是小妹妹,对她始终不冷不热。这回第一次来石头城南京,只想当面问他个究竟,是不是这么快就把她罗美薇给忘了。

听了这些话后,晓东暗自窃喜。他把罗小姐安排在自己单位招待所住下,然后敲了父亲一记竹杠,邀了几个层次稍高一点的朋友来家陪罗小姐吃饭。席间,晓东谈吐不凡,满座笑声不断,只可惜罗小姐始终打不起精神,她嘟嘟嚷嚷地说:"哼,他肯定是不想见我,不然怎么不早不晚偏偏这个时候去海南了呢?"

晓东急忙说:"不、不、不是,帅哥他是真忙,生意场如战场嘛!"

罗小姐望了他一眼,便不再多话。

第二天,晓东特意请了一天假,陪罗小姐逛玄武湖、中山陵、雨花台。晓东无微不至地关怀和照顾,大得罗小姐的好感,她最后竟情不自禁地握住了晓东的手,柔声说:"你真好!"

听了这三个字,晓东是心花怒放。两个人开开心心玩了一天,最后在火车站双方互换了地址和电话号码。罗小姐依依不舍,在上车前还含情脉脉地丢下了一句话:"明天下午等我电话。"

第二天下午,晓东在办公室坐立不安地等电话,当听到隔壁会客室里有人喊"晓东,电话"时,他激动得一颗心怦怦直跳,三步一跨地奔了过去,拿起电话就大声问道:"喂,是美薇吗?我……"

然而,话筒里传出来的却是一个男人的极具磁性的声音:"你是晓东先生吗?你好,我就是罗美薇口中的帅菲,别放下电话!请听我把话说完。我是四个月前出车祸的,那一天我骑摩托车路过小营时与他人相撞,并把 BP 机撞得无影无踪,在医院躺了一个多月神志才清醒,随即在生意上出了一点小麻烦。你也知道,生意场如战场,谁也损失不起,因此我不得不亲赴海南,在那里整整折腾了两个半月,才把事情摆平。本来对我来说,一部中文机算不了什么,但那是我一个姐姐送给我的,她是我最尊敬的人,也是我这一生中唯一称得上是红粉知己的人,是她在我情绪最低落时拉了我一把,可以说没有她就没有我的今天。我们的关系纯洁无瑕,因此这唯一的纪念品便相当珍贵,所以我一定要找回它。回南京后,我很快便知道 BP 机并没有被易台换号,我本欲重金悬赏,又怕你害怕是个陷阱不敢应招;想出同等价钱赎回,又怕你认为没有必要;若出少量酬金,又怕你认为划不来。万般无奈,只好出此下策,请原谅。罗美薇小姐,当然这不是她的真名,她是我的朋友,是一个受过女子保镖营训练的空中小姐,你把她送上南京火车站后,我在南京西站就把她接回来了。现在我已知道了你的真实姓名、家庭地址、单位和电话号码,我有足够的证据证明你手上的 BP 机是我的,如果我找到你们单位去,无论你承不承认,这件事对你都没有什么好处,而且你正面临调工资、荣升技术科副科长之关键时刻,因此,最好我们还是私下解决的好。我决定一共谢你 1030 元,其中 150 元是偿还你昨天招待我朋友的花费,400 元是赔你炒股损失掉的,另外再送你 480 元,意在祝你今后四平八稳地过日子,从此四季发财,如何?"

事情到了这个份上,晓东还能说什么呢,他只好乖乖地把 BP 机还给人家。

(陈清贫)

暗租

　　王响利是轻机厂的小车司机,每天除了早晚接送几位厂领导上下班外,再没有什么大的任务,几乎天天有一半时间车、人处于"抛锚"状态。时间久了,他觉得这宝贵的时间浪费了太可惜,于是便干起了"暗租"生意。

　　说起暗租,不用解释你也能猜出来,无非就是业余时间利用公车偷偷摸摸开车赚点外快罢了。王响利生就的脑子活络、能言善辩,所以暗租生意一直干得很顺利,每天少说三四十元进账,有时候运气特别好,甚至可以赚到上百元。可谁知平坦路上不平坦,也该着是报应,就在他得意忘形的时候,却在一次暗租时,让一位六十多岁的老头给收拾了。

　　话说这天凌晨四点,王响利赶早将小车开到车站广场,这时候，一列旅客列车正好"呼哧呼哧"进了站。天上正下着大雨，广场上溅起了一片片水花，出站口一片嘈杂，各式出租车生意陡然好了起来，不多会儿，广场上旅客就散了许多。这时候，王响利的车还悄悄停在广场边上。为什么不见动静？他车上没有"出租"招牌，无法公然招客。王响利抬眼朝广场上扫了一眼，见几个维持秩序调度出租车的纠察人员还没离开，又不敢贸然将车开进广场，只好暗自叹口气，再碰碰运气看。

谢天谢地，等了一会儿，雨终于停了，王响利发现出站口走出个旅客，手里提个不大的兜儿，一边走，一边四下里张望。王响利断定这人准是要乘车，这真是天赐良机，因为广场上所有的出租车都已开走了。王响利当机立断，"啪"推开车门跳下车，三步两步迎了上去："老大爷，您刚下火车？"老人看上去六十多岁年纪，身子骨却很硬朗，尤其那双眼睛，特别显得精神。他见王响利问，旁边又有车，便回答说："刚下车，在车站里避了会儿雨。我去西郊石化厂，你的车出租吗？"王响利一听就乐了，笑着说："我是来接我们厂长的，谁知这趟车他没来。正好，我就是回西郊，你要想坐的话，我顺便捎你也无妨。请上车吧！"说话间，王响利热情地接过老人手里的兜子。

"那得说个价吧？"想不到老人还挺"内行"。王响利装着不好意思地说："上车再说吧。"说着就拉开车门，把老人的兜子放到车座上。老人借着广场雪亮的灯光，有意无意地打量了一下王响利那辆刚喷过漆的"小微型"，当他的目光停在车门上"轻机厂01"这几个字样时，心里不由"格登"一下，便注意地扫了王响利一眼：怎么，又是他？原来世界上真有这般巧事，上次老人出差，坐的也是王响利的车，说不多收钱，结果却被狠狠斩了一刀。

不知怎么，老人没露声色，可能是石化厂太远了吧，他还是照旧坐上了王响利的车。一路上，王响利的嘴没闲着，扯东拉西地说个不停，话题无非是围绕着"车费看涨"这个中心。那老人坐在后排座位上一言不发。王响利心想：你这老帽，我拉你绕城转到天亮，你就等着掏钱吧！

但是今天王响利打错了算盘，二十分钟以后，当车子开到西郊一环路口时，老人便开始指挥起车子来，左转右拐，最后朝家属住宅楼区开去。"好，你就在前面站牌停下。"老人一边说着，一边拎着兜子，随着"嘎吱"刹车声便推门下车，连个招呼也不打，扬长而去。

王响利急了，赶紧喊了起来："老头，你钱不付就想走人？没门！"老人停住脚步，回头朝王响利一笑："你说说，得多少钱啊？""一百元。""一百元？只有十五公里的路程，怎么要收一百元？况且你不是说捎我无妨，怎么到这又变了呢？""你耍无赖。"王响利没料到这老头儿不买他的账，喉咙响了起来，"谁说坐我的车不收费？老赖疤子！"说话间，王响利气势汹汹地一步跳下车，瞪圆双眼，逼了上去："糟老头，你放明白点，识时务的，把钱拿出来，要不然……"王响利拔出拳头，在老人眼前晃了晃。

看来这老人是条硬汉，他眼睛都不眨一下，继续朝前走。这下王响利气急败坏地咆哮起来："哼，你休想捡这个便宜。"说话间大手已伸到老人面前。谁知老人轻轻后退一步，伸手一挡，王响利只觉着一阵风起，出了一身冷汗。

王响利心里不禁慌乱起来：看来这个糟老头不糟啊，这是什么功夫，竟会如此厉害？算了，我也不过就是想赚点外快，犯不着跟这个糟老头顶真，算我今天倒霉，白跑一趟。

王响利嘴里嘀咕了几句，也不敢出大气，回身钻进车里，拉动引擎，准备开溜。老人一个箭步冲上来，大喝一声："站住，我话还没说完呢！"他的两只手按在小车前端，脸上的表情十分严肃。

王响利火气也蹿了上来：我惹不起还跑不起吗？他仗着手里有方向盘，骂了一句："老东西，你找死啊？"便再一次拉动引擎,推挡前冲。

这时候,奇迹出现了,尽管小车马达轰响,但丝毫没能前进一步,颤动着的车身反而像是在后退。王响利又出了一身冷汗,他心想:这又是什么功夫?难道我今天真的撞入死门啦?无奈中他灵机一动,方向盘猛地向左一打,想抽身转向。可是万万没想到,车子刚一转动,不知怎么搞的,一下又回了原位。

这一回王响利简直是吓傻了,他熄了火,哆哆嗦嗦地爬下车,那惊恐万状的样子,活像战场上挂了白旗的俘虏。只见他"扑通"一下跪倒在老人面前,战战兢兢地说:"老前辈,您饶了我吧,只要您放我走,我身上还有两百元,全给您啦。"说话间他从口袋里掏出一把钞票,直往老人手里塞。

老人气得脸色铁青,冷冷说道:"你给我起来,你以为我是赖你几个车钱?我要的是你从现在开始把良心放正,再不要让金钱迷住双眼。你抬起头仔细看看,咱们曾经打过交道,那次四十里的路程,你硬要收我八十元钱,我摸遍全身也凑不足这个数,结果你硬是摘走了我头上的一顶皮帽。"

老人说到这儿,王响利忽地一下想起来了,本来惊恐的脸一下子羞得通红,他自觉羞愧难言,嘶哑着嗓子说:"老前辈,全怪小的有眼不识泰山,挣钱发了疯,竟挣到您老身上了,万望饶恕。今后我一定好好做人,这些钱您还是收下吧,权当是我退给您上次的车费钱。至于那顶皮帽,您留下地址,我改日一定登门赔礼。"

"哈哈哈!"老人仰脸一笑,"小伙子,过去的就过去吧。不过我有几句话要讲明白,从现在起你必须悔过自新,你的暗租勾当本来就是违法的,敲诈他人更是丧失道德。上次我因为急着要去办事,没跟你啰唆,以后再让我逮着,你不要怪我不客气。"说话间,他拿出二十元钱递给王响利,说:"按里程规定,这二十元钱是今天的车费,你收下吧。"王响利吓得连连摇手:"老前辈,您就别折煞小的啦,这钱我说啥也不能要。"老人把钱扔进车里,说了声:"我走了,你回去吧,以后再不要干这种事啦!"

王响利一听,急忙上前拦住老人,说:"老前辈,请问您在哪座山上修行,练的什么功? 您刚才那拦车的绝招我真是服了。"

老人笑着说:"绝招嘛谈不上,功夫倒是有一点,这叫'墩子功',听说过吗?""墩子功?"王响利莫名其妙。

老人拍拍王响利的肩膀,说:"你是个司机,总该知道马路中央那个交通指挥岗吧? 我是咱们共和国的第一代交通警察,在那个墩子上整整站了四十个年头。我冬练三九,夏练酷暑,时间久了,功夫自然也就成了。这些年来,没有哪一种车辆因为违反了交通规则能从我手下冲过去。"

老人说着递给王响利一张名片,说:"小伙子,以后自重吧! 前途大着哩!"随后摆摆手,便径直朝楼区小胡同走去。

王响利目送老人很远,直到他的身影消失,才低下头看他留给自己的那张名片,只见上面写的是:省交警大队警训总顾问——魏道安。

(峰 峦)

捉放盗

　　有个小伙子，姓高名飞，长得高高大大，结结实实，四方脸、浓眉毛，真称得上是一表人才。最近，他花五千多元钱买了一根重三十九克的四九金项链戴在脖子上，因而更显得风流倜傥。

　　这天周末，高飞与女朋友约会，分手时已是半夜了，回家路上经过一条黑暗狭窄的小弄堂时，突然从旁边蹿出一个五大三粗的壮汉，一把拽下高飞胸前的金项链，撒腿便逃。高飞怔了一下，待回过神来赶紧追了上去。

　　一路上，高飞既不叫也不喊，两脚生风，闷头直追。为啥？这里有个原因。高飞平时非常注重体育运动，每天早晨进行跑步锻炼，全市业余体育运动会上，他曾接连三次蝉联五千米中长跑冠军。因此他胸有成竹，自信凭自己这点脚力，追上强盗不在话下。

果不其然，没跑出三百米，强盗就吃不消自己停了下来，上气不接下气，浑身大汗淋漓。他双手捧着金项链，歪着脑袋喘着粗气，对后脚追上来的高飞说："阿哥，对……对不起，只怪我看……看错人头吃……吃错药，有眼不识……不识泰山……"

高飞接过金项链一看，只见搭扣弯头处稍微有点拉直，其他倒也没什么损坏，便上前一把抓住强盗的衣领，喝道："走，跟我到派出所去！"这强盗双膝一软，马上跪地求饶："阿哥，谢谢你放我一码，我以后再也不敢了。"高飞义愤填膺："别来这一套，快跟我走！"这强盗一时没了话语。磨蹭了一会，说："阿哥，你真要把我送到派出所，我去吃官司了，你又有什么好处？这样吧，阿哥，我这只十八克重的24K方戒是上个礼拜天刚刚花两千多块钱买来的，现在权当向阿哥你赔罪，将功补过。"说着，他飞快地脱下左手无名指上一只金光灿灿的方戒，双手捧到高飞面前。

这下高飞愣住了，他想：是啊，我如果把他送到派出所，最多受民警几句口头表扬，而倘若现在放了他，却能得到一只价值两千多元的金戒指，何乐而不为呢？想到这里，他伸手接过强盗递来的方戒，说："好吧，你既然'上路'，我就放你一码算了。"

"喔哟！谢谢阿哥，谢谢阿哥。"强盗连磕了三个响头，站起来拔脚就要走。高飞猛吼一声："慢！""喔唷！阿哥又怎么啦？"强盗心有余悸，声音颤栗地问。高飞义正词严地说："我这次放了你，以后你可再也不能干这样的坏事了，知道吗？""哦！一定一定，以后一定改邪归正，再也不干这档子买卖了。"强盗诚惶诚恐地回答。"既然如此，你就赶快走吧！"高飞垂下脑袋挥了挥手。"哦！谢谢阿哥，谢谢阿哥。"强盗连连作揖后飞奔而去，转眼间消失在茫茫黑夜之中。

高飞因祸得福，心里自然是美滋滋的。第二天，他将此事讲给同事好友听，小兄弟们都夸他聪明活络，有经济头脑，这一来，他越发得意起来。

时光如电,转瞬又到了下个周末,高飞约会之后又从那条路回家,经过那条小弄堂时,忽然蹿出两个手握三角刮刀的歹徒。为首的那个狞笑一声:"哈哈,阿哥,我的方戒让你风头出够了吧?现在可以物归原主啦。"高飞大惊失色,定神仔细一看,正是上回抢他金项链的那个家伙,心中暗暗叫苦不迭。好汉不吃眼前亏,他赶紧脱下那只方戒递了过去。那家伙一把抓过方戒看了看,放回口袋,然后又逼道:"金项链也拿来。"

"喔唷!朋友,你这样做,未免太过分了吧?"高飞惊叫起来。

"过分?他妈的,老子一刀宰了你都不算过分!"说着,他将手中的三角刮刀朝高飞脖子上一顶,高飞只觉得喉咙口针刺般地疼痛,"啪"脖颈上的项链被拽了去。高飞心里痛啊,可嘴巴上又不敢讲,毕竟两个对一个,而且他们手里又有凶器。

原以为事情到此可以结束了,谁知那两个家伙盯了高飞一眼,尖笑一声,说:"你小子一身名牌,嘿嘿,项链也没了,还要什么好看,快脱下来!"

"喔哟,朋友,嗯……这个……脱了实在难看,我里面只穿了一条短裤。"

"难看?你他妈的到底是要命还是要好看?"两个家伙声色俱厉,手中的三角刮刀一按,高飞只觉得气都透不过来,赶紧喊道:"我脱,我脱。"三下两下,一套名牌牛仔服又被那两个家伙剥了去。

那家伙阴阳怪气地说:"阿哥,你跑步的速度和耐力都出类拔萃,说实话,我从心底里佩服你。不过,今天你假如再追得上我,不但你的东西全部完璧归赵,而且我身上的东西,只要你看得中,保证要啥给啥。"说完,他举起三角刮刀,朝高飞的右腿狠狠扎去,高飞"啊"地惊叫一声,顿时血流如注……

两个家伙趁势逃之夭夭,高飞拔腿想追,可刚抬起右腿,就痛得重重地跌倒在地上……

(万立萍)

救命表

故事发生在 1974 年。主人公叫林大同,是殡仪馆的工人。他长相不差,工作挺认真,为人也热情,只是摊上这样一个职业,每次别人替他介绍对象时,女方就像碰到瘟疫一样,掉头就走,钉子碰得多了,林大同已经灰心丧气。谁知最近单位上的方大姐竟然给他牵上了红线,女方叫李荔,是传染病院的护士,林大同虽然感到意外,但还是硬着头皮见了面,一谈下来,倒也觉得志趣相投,双方愿意关系继续发展。正当林大同高兴时,方大姐带来一个消息:李荔的母亲要林大同给李荔买一块进口手表。林大同听了倒吸一口冷气,自己每月工资二十几元,怎买得起进口表?从此便一桩心事沉甸甸地压在他心头。

这天,林大同上晚班,接班后不久,外面送来一具下午没来得及焚化的女尸,他忙穿上工作衣,把电炉的开关线路检查一遍,刚打开炉门,忽然灯光下有什么东西闪出一道亮光,他觉得奇怪,停下手走过去看看,原来是死者手上戴着一块手表。林大同想:"这个死者的家属也真是粗心大意,怎么手表都没摘下就送来焚化。"他弯腰再仔细一瞧,哟,还是一块八、九成新的瑞士大罗马表!林大同的心当时就"扑扑"狂跳起来:这么好的外国表,一推进焚化炉就什么也没有了,还不如取下来成全我女朋友。

林大同思想斗争了好一会,才咬咬牙准备动手。突然间,他像触电一样把手缩了回来,原来他摘手表时无意中碰到了死者的脉搏,竟发现那人的脉搏仍在微微跳动。林大同还有些不信,又从自己头上扯下一根头发,放在死者的鼻孔前,头发也微微颤抖着。不错,她没有死!

这时,林大同思想斗争更激烈了。马上通知家属吧,眼看到手的一块进口表就飞走了;把她往焚化炉内一推,合上电闸,手表就神不知、鬼不觉地归了自己。可是……不成,不成,那不是谋财害命么?我怎能干这种伤天害理的缺德事?林大同出了一身冷汗,头脑清醒多了。最终他放弃了想得到手表的念头,向办公室走去。

通过与派出所联系,很快查明这假死者叫李芳,爱人叫王志中,都在化纤厂工作。半个小时后,一辆救护车风驰电掣般赶到殡仪馆,王志中和一位医生匆匆赶来,也顾不上说客气话,将李芳抬上车就送到医院去抢救了。

第二天中午,林大同在家中休息,王志中提着大包小包的礼物前来拜访,一见面他就抱歉地说:"林同志,昨天因为事情紧急,没来得及向你道谢,真是对不起。"林大同忙说:"这不算什么,你何必这样客气。"王志中一边将礼物放下,一边感激地说:"要不是你工作责任心强,我爱人怕早烧成灰了!"林大同脸上一红,张罗着倒茶让座,问道:"你爱人情况怎样? 好些吧?"王志中高兴地回答:"现在基本上已脱离了危险,就是身体还非常虚弱,等稍微好些,她还要上门来向你道谢呢!"说着话,手在袋里一摸,摸出了一块手表。林大同一看,正是昨天戴在李芳手腕上的那块大罗马表,不由倒吸一口气,口齿也不清楚了:"这、这……"王志中还蒙在鼓里,诚心诚意地说:"我们没有值钱的东西,这块表权当一片心意吧。"林大同听了再三推辞,说什么也不肯接受,王志中发急了,他千求万求,最后硬把表塞到林大同手里。

次日,林大同带着大罗马去公园和李荔会面。当他把手表送给李荔时,李荔好奇怪:"我已经有手表了,你干吗还要破费呢?"林大同是个老实人,就把方大姐转达的事和盘托出。李荔听后皱了皱眉头,说:"我妈也真是,我不要! 这块手表你就去退了吧!""退? 这手表……"林大同这下有点措手不及,不知怎样回答好,李荔以为他不好意思去退,忙说:"我和你一起去退吧!""不,不用你去,其实也不用我去,这手表没法退。"李荔看到他吞吞吐吐,语无伦次,觉得很奇怪,就问:"这到底是怎么回事?""这块表是别人送的。""别人送的? 这么名贵的表别人会送给你?"林大同见李荔急得要哭的样子,心里很不好受,嘴一松就将手表的来历从头到尾说了一遍。

听完林大同的叙述,李荔放心了,忽然她想起了什么,忙问:"你知道那女的叫什么名字?""李芳。""哎呀! 是我姐姐!"李荔惊叫起来。林大同想不到事情会这样巧,一时间反倒愣住了。李荔见他这副样子,忙解释道:"我姐姐平时最喜欢这块罗马表,她和我姐夫的感情特别好,所以我姐夫舍得用这么名贵的手表给姐姐陪葬,没想到反成了一只救命表哩!"

(水　原)

水 银 秤

　　深秋的一天，陶庄街上来了个卖豆腐的。这人三十开外，五尺身材，长得是大头大脸，大鼻子大眼，两耳像蒲扇，大嘴似海碗。他姓段名金梁，只因平时卖豆腐短斤缺两，所以庄上的大人、小孩都暗地里叫他"短斤两"。他短斤缺两的妙处就在那杆秤上。这是一杆特制的水银秤，秤杆是空的。秤梢用铜皮包着，里面装着半槽水银。卖豆腐的时候，只要上下晃动几下秤杆，水银自然流到秤钩这一头，这样，买豆腐的就要吃亏了，多则几斤，少则几两。谁会想到其中的奥妙呢？所以"短斤两"越干胆子越大，好像家常便饭一样。

　　这天，短斤两来到十字路口，他把担子往那儿一扎，撇开尿盆子嘴拿腔甩调地吆喝起来："割——豆——腐，割——豆——

腐。段家好豆腐,名声传万户。铁丝提得起,落地不沾土。结实水分少,耐煎又耐煮。老少爷们快来割呀,来得晚了可就没有啦!"

短斤两的这一阵吆喝还真顶用,不一会儿,就见一位三四十岁的妇女提着一篮玉米,一摇三摆地来到短斤两跟前,说:"我常听人家说,铁丝穿豆腐——提不起来,豆腐掉到灰堆里——吹又吹不得、打又打不得。可从没见过'铁丝提得起,落地不沾土'的豆腐。今天碰上了,我得多割点儿。"她说着就把玉米倒在短斤两早已准备好的秤盘里。

短斤两把秤梢朝下一按,称了称,说:"大嫂,十五斤玉米,对不对?"

"对,对,我在家称过,就是十五斤。"

短斤两又说:"一斤豆腐,一斤半玉米,十五斤玉米,割十斤豆腐,对吧?"

大嫂连说:"是,是。"

短斤两非常高兴,心想:我今天真是开市大吉,头一铺儿就遇上了个大割户。他一边跟大嫂搭话,一边上下晃了晃秤杆。这一晃不当紧,轻轻松松就多晃出两斤豆腐! 只见短斤两稳住秤杆,说道:"大嫂,不多不少,正好十斤,你看看。"

大嫂一看,确实不假,嘴里赞道:"兄弟的手头真准!"然后,她把秤盘里的豆腐拿到自己篮里,转身走了。

短斤两看着这位大嫂的背影,嘿嘿一笑:压你两斤豆腐,你还夸,真是二百五,大傻瓜。

大嫂走远了,短斤两挑着担子换了个地方,又喊了起来。这一回更灵验,他话音刚落,就见一个十五六岁的小孩跑过来,要割两斤豆腐尝尝。短斤两抬头一看,只见这个小孩身高不过四尺三,长得是小头小脸,小鼻子小眼儿,一张小嘴如杏蛋儿,两只耳朵大不点儿。短斤两笑嘻嘻地问:"小兄弟,你是想过过豆腐瘾的吧!"

孩子回答说:"不是,两斤豆腐我吃起来不过两三口。"

"你小小年纪,两三口就能吃完两斤豆腐吗?"

"当然能。你别看我人小嘴不大,张开可不小。那点豆腐,我三下五去二就吃完了。"

短斤两听他说得一本正经,心想:哼,我这两斤豆腐也不是好吃的。便存心想欺欺他。于是,笑眯眯地说:"小兄弟,我给你割两斤豆腐,你要吃不了咋办?"

"我敢打赌。"孩子回答得嘎巴脆甜。

"打赌? 好哇,怎么个赌法?"

"如果我吃不了这两斤豆腐,就是我输了,我把你所有的豆腐全买下;如果我吃完了,就是你输了,你……"孩子两眼滴溜溜看看短斤两的身子,又骨碌碌地瞧瞧短斤两的担子,最后他把目光落到短斤两的那杆秤上,"我看这杆秤怪美的,你输了,就把它给我好啦。"

短斤两一听孩子要他的秤,心里"咯噔"一下。这时,周围已经围了好一群人。短斤两心一横:你这个小杂种能吃两斤豆腐吗? 大话也喷过天了。莫说这是深秋气节,就是五黄六月天,量你也吃不了两斤。假如我再在秤上捣个鬼,你是吃不了兜着走。因此,他高高兴兴地说:"中! 中!"两人还伸出小拇指儿勾了勾,算是赌定了,到时候谁也不能反悔。

短斤两拿起豆腐刀儿,割下一块豆腐,放到秤盘里,上下晃了晃秤杆,不多不少,正好两斤。其实,这块豆腐足有二斤半。孩子二话没说,拿起豆腐刀,照着这块豆腐,一刀下去,匀匀实实分成两半儿。他放下刀,托起其中的一半,一嘴一个角儿,两嘴一个棱儿,三嘴就下去大半。这下可真把短斤两吓呆了。他追悔莫及,连连埋怨自己当初不该和这个小孩打赌。

谁知正在这个时候,他发现孩子口也小了,速度也慢了,手里拿着豆腐,吃一口,嚼一会儿,然后两眼一闭,强咽下去。短斤两高兴得差点儿跳起来。

孩子强咽下一口豆腐后打着饱嗝,用乞求的目光看着短斤两,吞吞吐吐地说:"我认……认输,吃……吃不完……完了。我回去对俺妈说说,叫她来把您的豆腐割……割回去。"

短斤两得意地笑了:"小兄弟,我说你是喷大话吧!好!你可快去快回。"

孩子也不吭气儿,只是瞧了他一眼,走了。

短斤两等了片刻,不见孩子回来,心里叫起苦来:小杂种准是打个借口溜跑了。唉,我算白白扔了一斤多豆腐。罢罢罢,全当这豆腐喂狗啦!

正当短斤两自认倒霉的时候,那孩子又回来了,苦着脸对短斤两说:"我回去给俺妈一说,俺妈就骂了我一顿。我没有办法,只有拐回来把这一半也吃了。"说着,托起刚才切下的那一半豆腐,就又吃了起来。

短斤两也不理他,眯缝着眼,望着蓝天上的悠悠白云,心里好像吃了蜜一样甜:这盘棋我是赢定了!可当他把目光从天空移到孩子手上的时候,不禁大吃一惊:孩子手里空空如也!短斤两傻眼了。

这时,孩子冲着呆呆发愣的短斤两微微一笑,说:"你输了,这杆秤就是我的啦!"说完,也不管短斤两愿意不愿意,伸手把秤拿了过来,双手握住秤杆两头,在膝盖上用力一磕,只听"咔嚓"一声,秤杆顿时断成两截,水银从里面流了出来。

围着的人们一见,都不由惊叫起来,有的索性指着短斤两的鼻子骂了起来。在人们的唾骂声中,短斤两挑起担子,灰溜溜地走了。

短斤两刚走出没多远,忽听背后有人喊:"卖豆腐兄弟,你等一等。"短斤两回头一看,心里一惊,原来喊他的不是别人,正是割了他十斤豆腐的那位大嫂,手里还拿着一杆秤。短斤两心里不由暗暗叫苦。

只见这位大嫂气喘吁吁地跑到短斤两跟前,把手里的秤递给他,说:"兄弟,把这杆秤带上。"

短斤两惊疑地问:"大嫂,您这是……"

"是我赔你的。"大嫂冲他"咯咯"一笑,手一指,说,"你看!"

短斤两抬头一看,见并膀儿走过来两个人,一样个子,一样的穿戴,一样的脸庞。这不是刚才与自己赌吃豆腐的孩子吗?他是其中的哪一个呢? 短斤两端详了半天,也没有认出来。

这时,这对孪生兄弟已来到短斤两跟前,其中一个冲着短斤两扮了个鬼脸,说:"开始是我,后来是他。"

另一个接着说:"只因你少给我妈两斤豆腐,我们才……"

短斤两这才恍然大悟。

这时,大嫂朝兄弟俩挥挥手,对短斤两说:"剩饭就别再烫了。兄弟,你们卖豆腐做生意的,离了秤不行。这杆秤你就收下吧! 只要你以后行得正、站得直,就没有人敢再折你的秤了。"

短斤两做梦也没有想到大嫂会这样善待他,他手里握着秤,心里觉得有许多话要说,却什么也说不出来。他想了一下,用这杆秤称了一块豆腐,塞到大嫂的手里,说:"大嫂,这是我压您的两斤豆腐,理应补还,您收下。以后,我要是再操黑心歪尖儿坑害人家,就叫我出门撞车,不得好死。"

大嫂见他说得诚恳,也就高高兴兴地收下了。随后大嫂又掏出五毛钱,递给短斤两,说:"这是我那两个儿子吃你的两斤豆腐钱。"

短斤两怎么也不肯收,大嫂只得作罢。

从那以后,陶庄街上再也听不到短斤两缺斤短两的事儿了,人们又都叫起了他的大名"段金梁"。

(高金怀)

偷　儿

无道之财莫取，无理之事莫为。

老汉与小偷

　　潘家寨的潘二游手好闲，不务正业，爹娘死后，混到了揭不开锅的地步，于是竟破罐子破摔，做起了翻墙打洞的勾当。

　　这天夜里，老天下起了大雪。潘二来到一个小镇上，钻进了当街的一座房子里。屋里一片漆黑。潘二摸索了好久，却没摸到一样值钱的东西，最后他摸到半坛米，就把褂子脱下来，铺在地上，抱起坛子往上面倒米，倒完了，去摭衣角，却发现褂子不见了。

　　"嘿嘿嘿嘿！"屋角发出一阵冷笑，"凭你这半瓶子手艺，怎吃得这门儿饭？"潘二听了，不禁打个冷战，连连后退，一下跌坐在地上。心想：完了！凭刚才那人抽走褂子的利索劲儿，就可断定他不是一般人物。潘二一翻身跪下，使出了最后的一招："俺家有七十岁老娘,为给老娘治病俺才走这一步,你就饶了俺吧!"

"噢,看不出,还是个孝子。"那人拉亮电灯,将褂子扔还潘二,"既有病母在堂,我就不难为你。"他上下打量了潘二一番,又说:"今夜咱们能遇到一块,也算前世有缘。此地小门小户没什么油水,我给你另找笔买卖,你敢不敢去做?"

潘二这才抬头打量起屋子,但见墙上挂着旧轮胎和各色皮子,墙根竖着铁砧子,小箱子上摆着锤子、钳子和大大小小的钉子。显然,这是一家修鞋铺子。墙角有一低矮床铺,一个五十多岁的汉子坐在被窝里,看样子是这里的鞋匠。潘二定了定神,说:"愿听老人家指教。"

老汉告诉潘二,镇里十字街西沿有一家准备开业的服装店,刚从武汉进了一批货。去那里捞一把,岂不比这点米值钱?到那里万一得不到手,可回来找他,他帮人帮到底。

潘二见他说得真切,便起身谢过,冒雪朝十字街奔去,很快找到了服装店。他撬开门钻了进去,屋内三间,两明一暗,外间新建的柜台和货架却空无一物。掀开门帘钻入里屋,只见前墙摆一木案,木案上堆放些杂物,靠后墙铺一张木床,木床上响着鼾声,听声音是一东一西睡着两个人。他从前墙摸到后墙,仍然没找到他们进货的服装。潘二没办法,想起老汉说的话,便又回头去找他。

修鞋老汉听潘二讲了经过后说:"这有什么难?你回去,经过柴垛时顺手抽一根玉米秆,蹲在前墙木案底下,屏息静气,用指甲不紧不慢地抠。服装在哪儿,自然就知道了。"

潘二说:"那不把人家吵醒?"老汉一摆手:"只管去做,到时自然明白。"

潘二别无良策,心想不妨去试试,便踏着积雪,再次来到服装店,照老汉说的那样抠起玉米秆儿:"咯咯喳、咯咯喳……"

床西头的人被惊醒了,蹬蹬床东头的人说:"他爹,你听耗子多厉害,别让毁了新进的衣裳。"这是个中年女人的声音。

床东头的人停住鼾声,翻个身说:"放心睡吧,衣裳包好在我头底下枕着呢。"这是个中年男人的声音。

潘二一阵惊喜,禁不住佩服起修鞋老汉来:好灵的招儿哟!等到一男一女重新打起呼噜后,潘二蹑手蹑脚来到床东头,小心一摸,果然有个大包袱。他抓住包袱,慢慢地往外抽。不料刚抽动一点,包袱上的鼾声就停止了。他急忙住手,等鼾声又起,他再去抽时,刚动一点,呼噜声又停了,并且那中年男子还伸手拍拍床头,嘴里含含糊糊发出了驱赶老鼠的声音。潘二吓出一身冷汗,不敢再下手,只好又回到了修鞋铺子。

老汉眯着眼听完潘二的汇报后说:"我刚才高看了你,你其实半瓶水也不到。你还回去,屏息静气在他们床边蹲下,先把手揣自己怀里暖热,再伸进他们的被窝,搔那男人的膝盖。"

潘二吃惊道:"那不等于自投罗网吗?"

老汉摇摇头:"放开胆子去做,保你东西到手,并且平安无事。"

潘二半信半疑,又一次钻进服装店,探好了逃路,然后忍住心跳,把手暖热了去搔那男人的膝盖。男人抖了几下腿醒过来,以为是女人闹着玩哩,就禁不住兴奋起来,来了个泥鳅大调头,"吱溜"钻到女人那头去了。潘二抱起衣服包袱悄悄钻出了服装店,回到修鞋铺子,简直乐疯了。

老汉提醒他:"别高兴得太早,大祸在后边呢。"潘二不信:"哪儿来的祸?"

"你来来回回跑了好几趟,雪地上能不留下脚印?人家发现丢了东西,还不循脚印追上门来?""那咋办?我马上去把脚印扫平了。""怕来不及了。你不如去放把火,把服装店附近的柴垛点着。"

"干吗去烧柴垛?"老汉笑笑说,"镇里着了火,人们岂有不救之理？许多人起来救火,满镇子都会踩下脚印,不就把你的脚印盖住了?"

"哎哟! 妙! 妙!"潘二佩服得五体投地,打开包袱,要分出一半给老汉。

老汉说:"看你人很实在,我想收你为徒,把一身本事全教给你,不知你意如何?"

潘二巴不得把老汉的"手艺"学到手,怎不喜出望外,当下就要磕头拜师。

老汉笑道:"别急,眼下要紧的是灭迹。至于拜师,要选良辰吉日,十日后你再来不迟。"

潘二不解地问:"老人家,凭你的本事,为啥在这小地方熬清贫日子呢?"

老汉叹口气,掀开被子露出来两条断腿。"啊!"潘二吓了一跳。

"不瞒你说,我先前也干这行,很红火了一阵,可后来让人逮住,被打断了腿。"

听老汉这么一说,潘二感到脊背一阵发冷,腿也颤抖起来。他告别了老汉,匆匆走了。

潘二回到家里,在床上整整闷睡了十天。十天后,他没有去拜师,而是到爹娘坟前烧了一叠纸,流着泪起誓道:"从今以后,孩儿改邪归正,不再给祖宗丢脸!"

没过多久,潘二开了爿豆腐店。

（吴庆安）

死去活来

　　玉田县文化馆有一个三流作家,姓李名千,爬格子爬了小半辈子,爬弯了腰,爬白了头,爬花了眼,也没爬出多少名堂。这一年,李千去少教所采访,笔记本记得密密麻麻,回来后翻来覆去睡不着,肚子里老像有什么东西一个劲地往外拱呀拱……嗯,看样子"胎儿"不小,要"生"啦!

　　李千立刻请了三个月创作假,跑回乡下老家,闭门谢客,日夜伏案劳作,含着热泪一口气写出了五万多字的纪实作品——《回头浪子》。作品完成后,李千已是绞尽了脑汁,耗尽了心血,一连睡了三天三夜。总算功夫不负有心人,小县城里那帮舞文弄墨的同行们拜读作品后,一个个激动得拍案称绝,都说这是李千的"扛鼎之作",肯定能一炮打响。李千的自我感觉也十分良好,他感叹说:"与文学'结亲'二十余年,总算生了个'胖儿子'!"

消息不知怎么传到省城,一家晚报的编辑来信约稿,说是"希望大作先在本报连载,让读者先睹为快"。这可是李千第一次收到的约稿信,他立即拿出大信封,写好晚报的地址,装进厚厚的稿件,打算第二天邮寄。

正巧这天晚上,馆里的头儿临时通知李千,叫他去省城出一趟公差。他想,既然要去省城,干脆直接将稿子给晚报送去,这样比邮寄还快,还能顺便认识认识那位编辑,不是更好?主意打定,第二天,李千便坐上班车,翻山越岭直奔三百公里外的省城。

到了省城,已是华灯初放的时候。李千常年生活在小县城,很少到省城,加上一路晕车,下车后只觉得头重脚轻,连东南西北都分辨不清。七摸八摸,东找西寻,天色黑定,才住进了一家小店,李千连洗脚的精力也没有,往床上一倒,就呼呼大睡。

第二天一觉醒来,已是早上九点多钟,李千随手一摸,顿时惊出一身冷汗:天哪,放在枕头边的黑皮包不见了!他住的是一间大客房,十几张床,都已是人去床空。李千翻遍所有的床铺,黑皮包仍是无影无踪,最后只能得出一个结论:皮包让人偷走了!包里没有什么值钱的东西,不过是漱洗用具、换洗衣物之类,丢了也不太心痛,心痛的是:"胖儿子"放在包里,跟着落入偷儿之手了哇!

李千急得失魂落魄,脑袋一片空白,双眼僵直,声泪俱下:"儿子丢了……我的胖儿子!"

服务员跑来,听了个稀里糊涂,以为他真的丢了儿子:"七尺汉子,连个儿子也带不住,快去报案呀!"

服务员慌忙挂通了电话,让李千向派出所报案,谁知不报案倒还好,报了案反而招来一顿训斥:"丢了几张纸有什么大惊小怪的?你当我们整天吃饱了没事干?耍猴啊!"

李千反复申辩："不是纸,是稿——纸!"

回答毫不客气："管你什么纸!现在抓大案要案,顾不了小偷小摸。以后出门留点神!"说完,对方"啪"挂断了电话。

李千悲痛欲绝,彻底失望。丢了稿子,他无心去见那位编辑,草草办完公事,不愿多呆一天,怀着"失子之痛"返回了县城。

李千猛然间老了一大截,整天神思恍惚。文友们听说他丢了稿子,都为他惋惜,并劝他振作精神,重起炉灶。唉,没有办法,看来只能重写一遍了!

采访记录还在,部分残缺的底稿还留着,总不致于瞎子摸象吧?恼火的是,李千一坐到桌子跟前,脑袋就像花岗岩一样僵硬,怎么也找不到当初那种活鲜鲜、热辣辣的创作激情,写下的文字又干又涩,淡而无味,像一杯白开水,这简直是活受罪!几天下来,他写了撕,撕了写,弄得胃病复发、痔疮发作、感冒上身、内火攻心……

正当李千处于水深火热之中时,突然,有人敲门,一个自称是"文学青年"的不速之客,贸然登门拜访。

来人二十多岁,长发披肩如青春少女,脚蹬马靴又如乱世枭雄,一副玩世不恭的样子。李千也算是个小县城里的名流,文学青年登门求教也是常有的事情,可此时他心烦意乱,哪有心思接待客人?何况,来人男不男女不女、人不人鬼不鬼,叫李千看了浑身不舒服,恨不得拒之门外。

"你是……"李千态度很冷淡。

来人并不计较,说:"李老师,您是大象,我是蚂蚁,您怎么会认识我?"

李千听了,心里很不痛快,没有答话。来人东一句、西一句,这瞅瞅、那望望,根本弄不明白他到底来干什么!以前来的文学青年,不是送稿子就是谈构思,对李千都是恭恭敬敬,这家伙倒像是来视察的,大模大样,竟然对李千评头论足:"李老师,想不到您还住这么破的房子,沙发也没有一个,电视机还是黑白的,14吋!唉,春蚕到死丝方尽,蜡炬成灰泪始干……人比人,真他妈的气死人!"

李千忍无可忍,不客气地下了逐客令:"小伙子,你到底有什么事?要是没有事,请你——"

这家伙脸皮比城墙厚,笑嘻嘻地说:"怎么会没有事?听说李老师丢了稿子,就不兴我来慰问慰问、表示一点蚂蚁对大象的关心?"

李千哭笑不得,只好闷抽香烟,听之任之。

这家伙看到一地纸团,拾起一个,展开,边看边摇头晃脑地说:"嗯,呕心沥血哪!一字一句,充满尼古丁的芳香!吃的是草,挤出来的是奶——男人的乳汁!"

听到这里,李千暗叫不好:糟了,碰上"文疯子"啦!以前他也碰到过一个,爬了几年格子,犯了精神病,找到李千家里,赖着不肯走,最后只得叫来了警察……不过,细看现在这家伙,还真有一点表演才能,眼角还挂了几滴清泪,蛮像那么回事。

李千正不知所措,这家伙突然起身告辞,扬长而去,可还没等李千擦去一头冷汗,那人又转了回来,眨眼间像换了个人似的,一本正经地对李千说:"李先生,恕蚂蚁直言:稿子丢了,这是天意,犯不着重写,犯不着跟老天爷玩命。拜拜!"说完,这家伙像幽灵一样地走了。

李千想了半天,对天长叹,一把火烧了稿纸,恨声连连地立下了誓言:"今后要是抓到小偷,老子一定把他阉了,也叫他断子绝孙!"

从此,李千整日借酒浇愁,不知不觉过了两个多月。

这天,他正喝得醉醺醺时,一个朋友举着一张晚报风风火火地跑来:"登了,登了!你小子还骗我们,说稿子丢了。请——客!"

李千苦苦一笑:"别、别逗了!"

那朋友展开晚报,放到李千眼前。

李千醉眼迷离地一看,大惊失色:《回头浪子》赫然在目,作者"李千"准确无误……啊,见了鬼啦?莫非丢失文稿只是做了一场噩梦?李千手捧晚报,止不住又哭又笑:"心肝宝贝,死去活来,哈哈,天助我也!"

晚报连载每天约登两千字,差不多一个月才登完了《回头浪子》,直到这时,李千仍弄不清到底是怎么回事。

作品反响很大,读者来信每天不断。这天,李千收到一封写有"内详"的来信,拆开一看,这才真相大白——

"李先生:很早以前,我也是一个文学青年,梦想当作家。只可惜爬格子爬不出生路,故铤而走险,浪迹天涯。那日与先生同住旅店,顺手牵羊拎走了您的皮包,有幸拜读了先生的大作。不料,读罢热泪盈眶,字字可见先生胆汁,行行可见先生憔悴,于是决定登门拜访。但见先生一贫如洗,仍呕心沥血,终于唤醒了我沉睡的良知。幸好信封上写有晚报社地址,贴上邮票寄去就行。而今大作登完,特写信向先生谢罪,并予祝贺。值得告慰先生的是,在您的感召下,我已洗心革面,立地成佛!"

李千如梦方醒,感慨万千。

几天后,晚报上登了一则李千的"寻友启事",他要寻的"友",正是那个失之交臂、起死回生的小偷。

(吴　天)

小偷救「小偷」

　　机修厂机修工小沙,因偷窃被公安局拘留了半个月,厂里作出"开除厂籍,留厂察看两年"的严厉处罚,并调离原岗位,"发配"到锅炉班拖煤。

　　这事一公布,引起锅炉班大多数人的不满。特别是组长老石叫得最凶:"怎么啦?牢房都改猪圈不够用了?犯了法就发配到我们这儿来劳动改造,我们这锅炉班难道是劳改农场?那我们不都成了劳改犯啦!"最后经过车间干部出面反复做工作,老石才勉强接受了小沙,但还是时常给小沙脸色看。

　　老石的工作是积极的,可他有家,也得考虑家里的事,最近他家里买了台彩电,是件喜事,可是因为没有室外天线,一打开电视,那屏幕全都是雪花点。妻子天天唠叨:"花儿千块钱就为看个下雪？你总得想点办法呀。"

办法当然有，一是花钱买，二是花力气做。老石不愿再掏钱去买，决定费点力自己做。做这东西对老石来说，不费吹灰之力，可又到哪去找材料呢？他不由为此犯了愁。

这天，老石在厂里正为材料的事寻思着，突然看到墙角边有一根三米来长的旧铜管，他顿时眼睛一亮，随即在脑海里构思成一幅全频道天线的图画。

但是，怎么才能把这铜管弄回家？而且必须做得人不知、鬼不觉，尤其不能让小沙发现呢？

机会终于来了。这天他上夜班，趁小沙和另一个同事去吃饭、锅炉房只剩他一人时，他以极迅捷的动作过去提了铜管，装出副若无其事、慢慢腾腾的样子，拿到家里。

等老石哼着小曲回到锅炉房，见小沙正在原来放铜管的墙脚边不知在摸什么。老石见此情景，心不禁一颤：莫不是他看见我拿铜管了？听说受过处分的人对所有的人都抱有一种"复仇"的心理，巴不得世上的人都和他一样痛苦，而且他还可以由此邀功请赏，立功赎罪……这么一想，老石害怕了，后悔了。可后悔已晚了，眼下关键是要搞清小沙是不是真的发现我拿了铜管。想到这儿，老石镇定了下情绪，决定先套一套小沙的口气，然后再相机行事。

老石走上前，先和小沙东兜西扯，绕了一个大圈后才转到正题的边缘，说："小沙，我想问你个问题，我可不是有意揭你的伤疤，你可别恼。"

小沙满不在乎地说："石师傅，你尽管问，我这种人皮厚，一般的针扎不出血。""你偷东西时就不害怕？""当然害怕，怀里就像揣了个兔子似的，一般有心脏病的人干不了这活。"

老石本想试探试探小沙，不料小沙谈到偷，就像说别人似的那么坦然自若，那么不知廉耻，毫无半点悔恨之意。老石心头不由生出一股怒气,脱口而出:"老百姓最恨的就是小偷!"

小沙垂下了头,低声说:"这我知道,我现在才懂得一失足成千古恨的真正含义。大家的眼神我也看得出,对我这样的人又恨又讨厌又害怕,都不愿要我。我不恨大家,只恨自己没走正道。如果石师傅你也不要我,我恐怕连改过自新的机会都没有了。石师傅,我真不知道怎么感谢你!"

老石听了小沙这番话,感到蛮中听的,刚想再好言教育鼓励他一番,不想小沙又说道:"不过,有些事我既困惑又有点不平。"

老石警惕地问:"什么事?"

小沙说:"按说只要是'偷',都是犯罪的行为。可事实上'偷'跟'偷'就有区别。有既不合法又不合理的偷,就像我一样,罪有应得;也有像电影里劫富济贫的'偷',虽然都是'偷',但他们不是为了自己,所以是合理不合法。我从小就羡慕他们这样的英雄,飞檐走壁,既能潇洒地'偷',又能成为人们仰慕的英雄。"老石说:"那是电影,你也太天真了。""我那时还小,不明白。可我长大后就更糊涂了。有的'拿'叫'偷',有的'偷'叫'拿';有的'偷'得合理不合法,有的'拿'得合情不合理。'拿'可以变成'偷','偷'可以说成'拿'。在人们的一些观念中,'拿'和'偷'就像变戏法似的令人眼花缭乱。"

老石皱皱眉头说:"什么'拿'呀'偷'的,你把我搞糊涂了。"

"我给你举个例子。"小沙越说越来劲,"打个比方说,你是材料员,我是木匠。我找你要点钉子、油漆什么的,拿回家做家具,你不但给了,还认为我欠了你一个人情,下回你有私事找我,我也有求必应。这叫'合情不合理'。再比如你嫌房间小了,一家三代不够住,想搭个阁楼,于是你就把厂里的角铁、钢筋拿回家。反正你住的房子也是公家的,这叫'合理不合法'。不信你到各家走走,谁家没有点从厂里拿的东西。但'拿'还不能明拿,还得提心吊胆,跟做贼一样,否则要全厂通报、降级、处分,在人前抬不起头,就像我现在一样。这叫'拿'变'偷'。但只要不被保卫人员和干部发现,一般人都视而不见,因为很多人都认为只有偷私人家里的东西才算'偷',而公家的东西变成私人的东西只能算'拿'。人民的财产人民分嘛。这叫'偷'变'拿'……"

老石终于听明白了:小沙这小子是在绕着弯子说我老石。妈的,我想"绕"他,倒被他给"绕"了。老石心里紧张了,他确认小沙这小子确实看见他拿铜管了。他想,像小沙这样的人是什么事情都做得出来的。

下夜班后,老石心事重重地躺在床上,越想越害怕,再看看那根铜管,好像变成了一根绞索套在脖子上,勒得他喘不过气来。

当天夜里还是老石的夜班,他还是像前天晚上那样,趁其他同事去吃饭时,飞也似的跑回家,抓起铜管就往锅炉房跑。哪料到他刚走到锅炉房门口,突然一道雪白的电光像冬天里的一盆冷水泼在他的身上,他顿时感到浑身冰冷、僵硬,呼吸似乎停止了,脑子里一片"白色恐怖"。

就在这紧要关头,小沙从锅炉房里跑出来,惊喜地喊道:"老石,追回来啦! 我还怕你手脚不利索追不上哪。追回来就好! 追回来就好!"

保卫人员走后,老石才渐渐恢复常态,问小沙:"追什么?"

小沙没有回答,从老石手里接过铜管放回原处。

为了表彰老石勇斗小偷,保护了国家财产,车间发给老石二十元奖金。

老石瞅着手里的钞票呆了。

同事们叫嚷着要老石请客。老石激动地说:"请客! 这客非请不可! 全班,还有小沙……"

(薛利广)

老手教徒

　　这天,是平安县平安镇圩期,在熙熙攘攘的人群中,有个身挎挂包、戴副太阳镜的小伙,在人群中东荡西逛,一刻不停。

　　这小伙名叫刘三练,家住离县城百里之外的山村里,他父母双亡,单丁一人,初中毕业后游手好闲,竟当上了"钳工"。然而因他半途出家,"技术"欠佳,被两次关进拘留所。今天他从拘留所出来,无家可归,便来到了这平安小镇。

　　这时,他抬眼一打量这闹哄哄的圩市,立即手指发痒,决定重操"旧业"。真是幸运得很,未费吹灰之力,竟"钳"到了四个钱包。

　　几个顾客丢了钱包,叫嚷起来,这一嚷,顿时人心惶惶,平安镇一下子不平安了。

　　就在人们惊恐之际，刘三练却若无其事地从人群中挤出来，很快钻进厕所，他迫不及待地想欣赏"胜利成果"。谁知当他的手伸进挂包时，突然呆若木鸡。怎么？里面空荡荡的！他亲手钳进包里的四个钱包不翼而飞。他一时慌了手脚，把挂包乱翻一遍，从里面搜出一张纸条，打开一看，上面写道：你偷我一个。反失四个。若要均分，平安饭店见面。

　　刘三练看完这没头没脑、没名没姓的纸条，不由大吃一惊：何时被钳走的？此人是谁？莫非是同行高手？他叫我去分赃，竟有如此义气？他反复权衡利弊，决定前往会一会这位神秘高手。于是，他马上离开厕所，三步两步赶到平安饭店。

　　平安饭店热闹非凡，座无虚席。刘三练一时无法从这么多男男女女、老老少少之中辨认这神秘人物，他只好站在偏西窗的一个角落里东张西望，胡乱猜测。突然，他觉得有一阵风在他眼前掠过，他顿觉一阵晕眩，定了定神，觉得脸上似乎少了什么，不由自主地伸手一摸，糟！太阳眼镜不见了。

　　刘三练又是一惊，他连忙把饭店扫视一周，只见隔桌坐着一位老头，正安闲自在地自斟独饮。细看此人，年纪五十开外，身材高大，虎背熊腰，两腮胡子直连下巴，活像梁山好汉鲁智深。忽然，他惊得差点叫出声来。原来，那老头戴的太阳镜，正是自己的。他暗叫一声：哎呀，这人果然是个高手。他在惊讶之余，顿时肃然起敬，便上前打起招呼来。

　　可是，那老头却目不侧视，依旧旁若无人地自顾咽鱼嚼肉。刘三练便灵机一动，想起"茶烟开路"之计，抽出"良友"香烟，恭恭敬敬地递到老头面前。老头不动声色，只从口中轻轻吹了一口气，刘三练手中的香烟霎时飞到一丈之远。这时，老头才开言喝声："小子，有眼无珠，竟敢在太岁头上动起土来！"

　　刘三练赶紧低声求道："小子有眼不识泰山，请师傅宽恕。今日小子有幸，亲眼见识你的高超技术，请受我一拜，收我为徒吧!"说着就要下跪。

老头赶紧制止,压低声音说:"公共场合,来这一套,不怕惹麻烦吗?"说着,他猛然起身,看了看他的手,查了查他的腿,比了比他的身高,翻了翻他的眼睛,拍了拍他的身板,点了点头,二话没说,转身出了饭店。

刘三练急了,一面紧跟在后,一面说:"师傅,你表个态呀!"老头一声不吭,不理不睬,越走越快。刘三练哪肯罢休,就这样你追我赶,出了小镇,来到路旁一株大榕树下,老头突然停下脚步,回头说了一声:"傻瓜,饭店里大庭广众,怎好细说,叫我怎么表态?"刘三练这才松了口气。

接着,老头问了刘三练的姓名及家庭情况,然后告诉刘三练,他就是"飞钱老手钱万"。一听面前就是赫赫有名的老前辈,刘三练愈加苦苦哀求收他为徒。钱万沉吟一会,突然把手一伸。刘三练摸不着头脑:"什么?""交学费呀!"啊,学绝技要交学费?刘三练凉了半截。刚才钳得的四个钱包都已丢了,如今成了穷过臭虫、饿过跳蚤的穷光蛋,眼下,又不敢开口提分赃的事,怎么办哪!刘三练正感为难,钱万却亮出三个钱包,挥手一扬:"把它抵作学费,怎么样?"刘三练一听,觉得不花本钱,怎能学到人家的绝技呢?于是他表示同意。就这样,钱万收下了刘三练,并答应让他住在自己家里,专心练技,半工半学。商妥之后,师徒两人便飞奔而归。

刘三练来到师傅家里,举目一看,原来是一爿砖厂,他疑惑不解地问:"师傅,你有钳钱绝技,为何还要烧砖为生呢?"钱万板起脸吼道:"这里自有奥妙。你学技就学技,别多嘴多舌!"

当晚,师傅举行"开学仪式",宣布了学技规矩:一、学技期间,不准外出;二、技术学成,不准偷钱;三、对师傅的历史不准追根问底。刘三练想:当徒弟的当然要安分守己,岂敢违抗,自然一一应承。然后,师傅才讲授了学绝技的秘诀:"先固本培元,有了根基再学绝技,就能水到渠成,信手拈来。首先必须练好四个基本功,叫'四练'。如果'四练'不过关,我的绝技决不传授。还有学技容易发功难,不知你有无具备'四心'?"刘三练忙问:"不知师傅指的哪四心?若是猪心、狗心、鸡心、鸭心,师傅若要,徒弟自会弄来给你补补心。"师傅大喝一声:"蠢货!牛头不对马嘴,谁稀罕你的这些猪狗之心。我要的是学技四心,即信心、耐心、决心、专心!"刘三练连忙表示:"徒弟遵命,我有'四心',我会'四练',我愿千锤百炼!"

第二天,师傅把徒弟带到砖台边,说道:"现在开始第一练——练脚力。"刘三练一怔,忙伸手比着钳钱的姿势,问道:"徒弟不解,练脚力与'这个'有何相干呢?"师傅二话没说,深深地吸了口气,马步一蹲,右脚一举,朝旁边的一大堆泥坯上猛地一踩,"嘣"的一声,泥坯如山倒下。然后才道:"脚力若不好,公安人员来抓你,你跑得了吗?"刘三练恍然大悟。这时,一个年轻姑娘牵着大水牛走了过来。师傅指着她道:"她是我的女儿秀娟,是教你练功的二师傅。"说完,背着手走了。

烈日炎炎,没有劳动习惯的刘三练,在二师傅的严格指导下,练得满头大汗,精疲力竭,好不容易挨过了一个月。

转入二练,师傅把徒弟带到砖台边,说道:"现在是练手力。"说着用两指夹起一大块泥坯,"咚"一声猛印在砖模上,然后二话没说,返身走去。刘三练心里一亮,深受启发。他想,练手力对钳钱包大有用场哩!

烈日如火,好像要把刘三练煎熬出油来,他整天站在砖台前,把泥坯打了过去,翻了过来。师傅每天要来检查一次,刘三练挨苦受痛,不敢偷懒,累得腰酸腿痛,指麻臂软,夜里睡在床上如躺针毡,辗转反侧,难以入梦。他心想:如此练泥打砖,岂不是把我当作一条牛使用吗?又不知何时给我传授绝技。唉,管他四心不四心,还是要变心:跑!

鸡啼三声,刘三练一觉醒来,蹑手蹑脚地走下床,摸到衣服,当他摸到口袋时,忽然愣住了。怎么? 口袋里多了一包东西。他连忙开亮灯,拆开一看,原来是一叠"大团结"。仔细一数,足有十张。刘三练摸不着头脑,翻开包装纸一看,上面写道:这是你两个月的工资。刘三练又惊又喜,心想:当学徒还有工资,师傅贴钱给我学绝技,有何不好? 再一想,师傅为何要暗中把钱放到我袋里呢? 真是古怪的师傅呀! 说不定还有古怪的事在后头呢! 熬下去,再看还有什么新鲜的奥妙! 刘三练改变了主意,不跑了。

次日,师傅父女召来徒弟,把他带到砖窑门口,说道:"现在转入第三练——练眼力。"师傅说完,又大步流星地走了。师傅一走,钱秀娟便引着刘三练对着窑门,指手画脚地吩咐一番。刘三练频频点头。这回,他不再怀疑了,他知道,练眼力对钳钱包最为实用呢!

练眼力比练手力、脚力轻松自在得多,但要熬更守夜,死守窑门,观察火势。刘三练累得眼红目赤。一天深夜,他支持不住,眼皮打起架来,竟睡着了。不知什么时候,他的耳朵被人狠狠拧了一下,刘三练猛然惊醒,睁开眼一看,原来是二师傅秀娟。只见她手里端着一碗鸡蛋煮粉,微笑着站在眼前。刘三练不好意思地支支吾吾,钱秀娟半娇半严道:"支支吾吾干什么? 你今晚幸好碰上我,要是被我爸发现,那就不是拧你的耳朵,可要揪你的脑袋呢! 来,吃碗点心,提神醒脑。"说完,又"格格"地笑了起来。刘三练不知如何回答,全身血液奔腾,点心吃在口里,甜在心上,两条浓眉在颤动,两只眼不时地偷看秀娟。这一看,他似乎第一次才看清,秀娟像一朵朝霞中的杜鹃花,映得他心里发热……

快活总觉日子短,很快过了四个月。可是,麻烦的事也就来了。一天傍晚,钱秀娟突然又哭又叫,呜呜地哭个不停。父亲闻声走了出来:"哭什么? 大姑娘还哭得像孩子一样!""我的手表和钱包不见了。呜呜……""嘿,什么时候不见的?""刚才洗澡的时候,放在肥皂台上,我忘了取回,半小时后回去寻找,就没有了。钱包里可有一千块钱呀! 呜呜……""后一个洗澡的是谁?""刘……刘三练。呜呜……""岂有此理! 走,找他算账去!"

父女俩冲进三练房间找到了刘三练,钱万板起可怕的脸,把刘三练训斥了一顿。刘三练坐在床沿,脸不改色心不跳,再三否认。钱万怒道:"要是查出来,就要你的脑袋! 搜!"一声令下,父女俩手忙脚乱把刘三练全身搜了一遍,然后在整个房子里翻箱倒柜,查了老半天,仍然一无所得。钱秀娟垂头丧气地回到自己的房里,突然,发现挂在墙上的女装挂包不知何时掉落在地上,拾起一看,她惊愕了。怎么? 手表和钱包都装在自己的挂包里。打开钱包一数,一张不少,一分未失。难道是自己健忘吗? 不,在洗澡时放得明明白白,记得清清楚楚。难道手表和钱包生了翅膀自己飞回的吗?

钱秀娟喜出望外,跑出房来告诉父亲。刚冲出房门,正好把一个人撞了一个趔趄。秀娟抬头一看,原来是刘三练。刘三练站稳身子,摆起架势,一本正经道:"太冤枉我了,我倒要教训你,你为什么如此健忘呢?""哦,是你拿回来的? 那你刚才为什么不承认呢?""要是我一承认,我的脑袋不就没有了么? 哈哈……""格格……你坏,你坏!"秀娟撒娇地把刘三练猛捶了几下,刘三练急忙后退。这一退,却又撞上了后面的一个人,他转身一看,原来是师傅。刘三练吓得全身打哆嗦,谁知师傅却哈哈大笑起来,说道:"这就是第四练——练心呢! 没想到,关键的一练你也过了关!"

光阴似箭,日月如梭,五个月过去了。刘三练完成了"四练"基本功,师傅觉得他根基已固,决定给他传授绝技了。

入夜,师傅的客厅里灯火辉煌,方桌上放着三个盘子、一块红布、一支玩具手枪。刘三练和钱秀娟并排坐在四米处的墙角里。钱万站在桌前，从袋里掏出三个钱包，分别放在三个盘子上，用红布遮住。只听手枪连响三声，掀开红布一看，三个钱包不翼而飞。然后，又重新把红布遮住三个盘子，再发三枪，掀开红布一看，只有两个钱包回到盘子上，第三个钱包仍然不回。师傅吃了一惊，把神秘的目光移到墙角的刘三练身上，惊叫一声："啊，这个钱包飞到你袋里去了。"刘三练摸摸口袋，果然不假。顿时，惊奇得合不上嘴。

这时，师傅笑道："这就是要给你传授的绝技！这钱包里有三百元，也归你了。""什么？这就叫传授绝技？"师傅乐呵呵地笑着说："我给你传授的是用劳动换来金钱的绝技，这三百元，是给你劳动的报酬和奖金呢！""啊！"刘三练恍然大悟。但他又疑惑不解地问："师傅，你一会儿是飞钱老钳手，一会儿是砖厂老板，一会儿是魔术演员，一会儿是政治教员，你究竟是什么呀？"这一问，把钱万和钱秀娟问得捧腹大笑起来。钱万收敛了笑容，说了他的身世。

原来钱万是省魔术团的演员，有一手魔术、气功的高超本领。二十年前，因思想不正，把魔术高技用于偷盗，结果被开除出队，劳改三年。释放后，妻离子散，他含辛茹苦抚育秀娟，决心重新做人，便老老实实地练泥打砖。后来他承包了砖厂，成了万元户。那天，他到平安镇联系业务，当刘三练的手伸进他的口袋时，他早已觉察，便暗中跟踪，露他一手，失了一个钱包却弄回四个，又留下纸条，准备引出刘三练教训一顿。谁知刘三练崇拜他的绝技，要求拜师。钱万想起自己的教训，对刘三练又恨又同情，看他眉目清秀，身体健壮，要是能走正路，实在是块好料子。于是将计就计，招他为徒，想通过劳动来引导他，改造他。因此，与曾经在学校里当过业余演员的女儿秀娟，合演了一幕双簧戏。

刘三练听了师傅的话，顿时感动得流下了惭愧的泪来。他请求师傅收下他,当个"砖员"。

可是,就在这时,一辆公安局的面包车"嘎"一声在门前停住,刘三练一看,吃了一惊,连忙溜了。

出乎意料,两位公安人员拿出一张大红纸,笑眯眯地捧给钱万。说道:"钱师傅,这是给你的感谢信!"原来,钱万弄回三个钱包后,以"抵作学费"为名,把它们送到派出所,经调查,找到了失主。钱包的主人便叫派出所转来感谢信。派出所认为:教育一个失足青年,老手教徒的事是一个生动的例子。两位公安人员要见刘三练,找他谈一谈。可是找遍了全厂,却不见他的影子。刘三练失踪了。

刘三练为什么失踪呢? 钱万说:"可能是被你们吓跑了!追,把他找回来!"公安人员果断地把手一挥:"上车!"他们急步走出厂门。打开车门,汽车上稳稳当当地坐着一个人,钱万把头伸进车里一看,原来是刘三练。只见他双手合拢朝公安人员一伸:"请套手铐吧!"这一意外的举动,把钱万和公安人员逗得捧腹大笑。公安人员风趣地说:"这回不给你戴手铐了,因为你经过了'四练',哈哈……"

从此,刘三练被钱万吸收为"砖员"。半年后,瓜熟蒂落,水到渠成,练就一手练泥打砖烧窑的好本领。不久,钱万认为刘三练有培养前途,便把他晋升一级,由"砖员"提拔为女婿。

(叶演豪)

奇怪的纸条

星期天上午,东青派出所里只有民警老宋在值班,所里显得冷冷清清。

突然,有个二十多岁的瘦高个青年大汗淋淋地跑进派出所,气喘吁吁地奔进值班室,哭丧着脸对老宋说:"民警同志,我……我的钱包被偷走了,里面有朋友托我买东西的四百多元钱。现在钱被偷了,明天我怎么向朋友交代?民警同志,我求求你们,千万抓住那该死的贼骨头!"

这青年叫林山,他说到这儿,眼圈也红了。老宋同情地看了他一眼,轻轻地叹了口气,指了指办公桌旁的椅子,对他说:"你坐下来,慢慢地说,把你钱包失窃前后和钱包的详细情况说一下。"于是,林山就一五一十地把发生在半小时前的失窃情况说了一遍。老宋把重要的话记了下来，又宽慰了林山几句，最后给了林山一张纸头，写下地址，林山就离开了派出所。

老宋等林山走了后，坐到办公桌前，拨了两只电话。

可是当他刚打完第二只电话，又见一个青年满头大汗地跑了进来，看那神色不但很紧张，还有点拘谨、羞愧。老宋心中挺奇怪：今天怎么了？刚走了一个失窃者，现在又来了一个。那青年先是犹豫了一下，接着脸上又一红，才结结巴巴地说："大概在一小时以前，我干了件坏事、蠢事，我偷了一只钱包，我错了！"说着，他从袋里拿出一只钱包来。

老宋见青年拿出了钱包，说："哦，那么，你是来认错的吧？你能知错改错，那很好……"谁知没等老宋把话说完，只见青年立起身来，急急地说："民警同志，当我回家看钱包时，发现钱包里面有重要情况，本来想马上报告公安局，可我怕，所以才到这儿来，你快报告公安局吧！"老宋听说有重要情况，一下子严肃起来，急忙问："什么情况，在哪里？"青年赶紧从钱包里拿出一张折好的纸条。老宋接过，摊开纸条一看，只见纸条上写着：

03：

现通知你：今晚十一点半在天门街水玉路平明巷那棵古槐树下取一只黑皮包，里面有五千元活动经费（看完请即烧掉）。

老宋看完纸条，脸上严肃的神情一下子消失了。他又看看青年，说："钱包里是不是有四百元钱和一张工作证？"青年见老宋对纸条漠不关心，却问一些与纸条无关紧要的话，就更着急地说："钱我没数，工作证有。民警同志，纸条事关重大，可能是特务的联络信，你快报告公安局吧。"

老宋听了忍不住"哈哈"大笑起来，这一笑更把那青年笑得莫名其妙,他不解地问:"怎么了?"老宋止住了笑,拉开办公桌抽屉,从里面拿出一张纸条递给青年,说:"你看看。"青年接过纸条一看,惊得瞪大了眼睛,原来这纸条上写的内容与钱包里纸条上的一模一样。青年感到莫名其妙,就问:"这……"老宋说:"这纸条在你来之前我就见到了,这是一出滑稽戏。不过你今天偷钱包,这是错误的,鉴于你现在承认了错误,还了钱包,还报告情况,这一点要表扬。俗话说'浪子回头金不换',希望你重新做人,做个好人。"

这两张纸条是怎么回事呢?原来都是那个叫林山的青年写的。林山为何要写这样一张纸条呢?这个林山办事粗心大意,毛毛躁躁,他的钱包常常掉落或被扒手扒窃。他丢了钱包,又后悔,又肉疼。他想:既然小偷偷钱包的目的是为了钱,那么他们一定贪心不足,偷到了钱还要更多的钱,我何不用钱作诱饵,把小偷抓住。于是他就写一张纸条放在钱包里,说某地有钱可取,只要小偷上钩去拿钱,就会当场被抓。

今天,林山一发现钱包丢了,急忙到派出所报了案,还说了他引诱小偷上钩的计策。可没想到,纸条起了个相反的作用,它救了一个失足者。

(肖　高)

失 足 恨

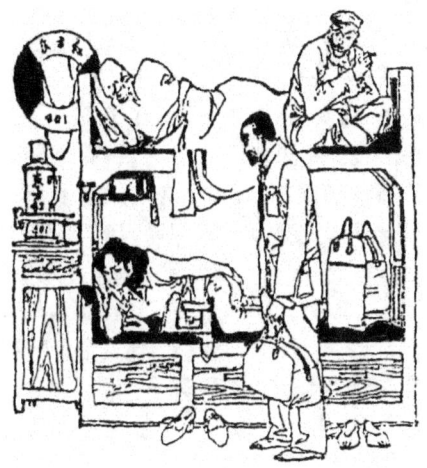

　　1976年深秋的一个夜晚,从上海开往南通的"东方红四〇一"号客轮,准时驶离了大达码头。然而客舱里的秩序一时还平静不下来,因为"文化大革命"也革了等级制的命,原来的三等、四等舱一律改为五等统舱,谁先上了船,谁就可以抢个好位子。

　　在四等舱八号房间靠门边的一个下铺,半躺着一个二十来岁的姑娘,标准的上海人打扮,身边有个小手提包,脚后跟放着一只大旅行袋,看样子是到乡下走亲戚的。

　　这时,从门外进来一个年近古稀的老人,白眉白须,布鞋布衣,看上去像个没见过世面的乡下人。他见这个铺位上只坐着一个年轻姑娘,就问:"同志,这儿还有人吗?"那姑娘却懒洋洋地只当没听见。老人又提高嗓门问:"这里可以坐吗?"姑娘不耐烦了：“你没见那头还有个旅行袋吗？”这老头虽土却不傻，他将自己的行李放妥后，就坐到铺沿上，自言自语地说："年纪大了，腿脚不灵便，不是规定上铺坐两人，下铺坐三人吗？"姑娘无奈，只好往里挪了挪身子。

正在双方都感觉无聊、沉闷之际，却见那老头打了一个呵欠，抬起手腕，看了一眼手表："哟，都十一点了！"那姑娘不知是条件反射还是怎的，也抬起左手，瞟了一眼自己的手腕，突然"啊"尖叫起来："表，我的表！"姑娘一个"鲤鱼打挺"直起身子，一双大眼睛睁得滴溜滚圆，盯着那老人的左手腕，"你，你……""我，我什么？"老人莫名其妙地问，但马上像是明白了什么，干脆把左手一伸，手腕上亮出了一块金黄的女式手表，往那姑娘面前凑了凑，说："你是想看看这块表？进口货，我给外孙女买的。"姑娘仔细一看，开口就骂："这表是我的，你这个老贼！"

这一声骂，把坐着、躺着的旅客全惊动了，他们都从铺上弹了起来，纷纷围拢过来。只见老人哈哈大笑，说："这表是你的？真的？"那姑娘被激怒了："怎么不是我的！你这副鬼样子，还配戴这种表？"

围观的一个旅客看不过去了，说："你这姑娘年纪轻轻，怎么出口伤人，人家不是说给外孙女买的吗！"这老人还真有修养，仍然和颜悦色地问那姑娘："你说这表是你的，有什么根据？"姑娘也把左手一伸，说："看，这表带的印痕还在手腕上呢！你是怎么偷去的？说！"确实，姑娘手腕上是有钢表带的印痕。但这老人却异常镇静，扫视了一下围观的群众，然后对姑娘说："这块表是我刚向人家买来的，九十八元钱呐！""胡说！"姑娘嚷了起来，手指差点戳到老人的鼻尖上，"这块表九十八元钱买得到？"人群中一个男青年也帮腔说："是呀，叫大家说，这种女式镀金手表，九十八元钱买得到吗？真是吹牛不打草稿！"

这时，随船的乘警过来了。只听老人仍对那姑娘说："你也不想想,如果我偷了你的表,还会坐到你旁边? 还会在你面前看表,天下有这么傻的贼吗?"问得那姑娘张口结舌,不知如何对答。乘警了解了情况后,问老人:"这表是你的?"老人点点头。"什么时候买的?""是刚才上船时,一个青年卖给我的。""噢? 你不知道手表不可以私人买卖吗? 现在怎么说得清楚?""没关系,这卖表人也在船上。""噢,在哪儿?"乘警急切地问。老人还是缓缓地回答:"就在这儿!"说着,指着刚才那个帮腔的小青年,"就是他!"

"啊?"那小青年一下愣住了,忽然冲上来,咬牙切齿地喝道,"好呀,你这个'草上飞',旧社会大名鼎鼎的江洋大盗,在劳改农场几十年,贼心还不死,现在还要血口喷人! 我什么时候卖过手表给你了?"又转向乘警说,"同志,我是大丰农场的知识青年,认识他,你别听他的鬼话。"只见老人微微一笑,对乘警说:"同志,我是大丰农场老职工,名叫曹尚斐……"那姑娘又嚷了起来:"你既然承认自己是贼,为啥又诬赖好人?"

乘警一面听他们讲,一面仔细观察着他们的神态,脑子里飞快地分析着,他问老人:"你说这表是他卖给你的,有什么证据?"曹尚斐不慌不忙地说:"我记得很清楚,我那九十八元钱是五张十元的,九张五元的,一张二元的,一张一元的。那张二元的当中是用玻璃纸粘起来的。不信,钱还在他身上。"那小青年一听,脸色陡变,一只手本能地按了一下两用衫右下口袋。

这一细微的动作,哪里逃得出乘警的眼睛,他当即叫青年把那只口袋的东西拿出来,果然是一叠现钞,点一点,不多不少,九十八元。那张粘过玻璃纸的二元更是铁证。那青年垂下脑袋,哑口无言。忽听姑娘"哇"地哭了起来,冲到那青年跟前就捶打起来:"好哇,小豆,你这个没良心的……"青年边招架边说:"艾莉,你听我说……"这一来,围观的人才恍然大悟,纷纷说:"哟,搞了半天,他俩是一对呀!""好了好了,一手退钱,一手退货,这事好了结了。"

不料曹尚斐却对乘警说:"同志,这钱确实是我的,得还我,但这表是不是暂由你保管,等验看了发票再作决定?"刚要散开的人群一听还有文章,又站住了。乘警也正想进一步查询一下,一听曹尚斐的建议,就点点头,问姑娘:"你有发票吗?""谁会把发票带在身上! 这是我的表,应该还给我!"乘警想了想,说:"好吧,那你把工作证给我看看。""看吧!"姑娘赌气地打开手提包,看也不看,随手掏出一只紫红色的塑料皮夹子。那姓豆的青年一见,连忙干咳了一声,那姑娘低头一看,脸色"刷"变了,触电似的想将皮夹子扔回包里,被曹尚斐抢上一步夺过来,递给乘警,说:"同志,这钱包不是她的。"

那姑娘扑上来要抢,被乘警喝住,打开皮夹子一看,里面有一张南通某纺织厂的工作证,照片上是一个戴眼镜的三十多岁的女同志。"你在哪个单位工作?""公交公司售票员。"曹尚斐一听,忽地一拍大腿,问:"是在八十六路公共汽车上卖票吗?"姑娘恐惧地点了点头,身子不由自主地颤抖着。曹尚斐自言自语地说:"原来是这样,我明白了。"

可是大伙却越听越糊涂了。有人就问曹尚斐:"你怎么知道这钱包不是她的?"曹尚斐说:"我不仅知道这钱包不是她的,还知道这手表也不是她的,而且也不是那个青年卖给我的……"接着,曹尚斐就讲了事情的经过。

原来,在上船的时候,为了抢到好位子,不少人争先恐后,码头上十分拥挤。曹尚斐突然发现小豆掏了前面一位抱小孩旅客的皮夹子,悄悄递给艾莉。曹尚斐本想当场捉住他,但怕秩序一乱,有人会被挤下舷梯,造成伤亡;他看到小豆拎着一只大旅行袋,也像要上船的样子,心想:等到了船上再说吧! 想不到小豆却早已打上曹尚斐的主意。因为曹尚斐袋里的一叠钞票,在检票时露过眼。当两人并排时,小豆轻而易举地就将钱捞到了手。

曹尚斐将计就计，假装不知，等后面艾莉挤上来时，他也来了个顺手牵羊，将她戴在手上的表给摘了下来，心里暗暗好笑：你小子偷到祖师爷头上来了，今天非要好好教训你们一下不可！于是，他一直注意他俩的行踪，直到开船，才导演了刚才那一幕活报剧。

人们听到这里，都不敢相信，眼前这个土里土气的干瘪老人，居然有这么大本事？又听曹尚斐继续说："同志们，在旧社会我是个大盗，但那是被逼上梁山的。为报杀父之仇，我宰了恶霸，逃出家乡，官府到处通缉我，我无处安身，只得浪迹江湖，号称'草上飞'。后来解放了，我受党的政策感召，决心洗手不干，主动投案，得到宽大处理。政府不但不歧视我，还把我分到劳改农场工作，让我现身说法，管教罪犯。我深深感到旧社会把人逼成鬼，新社会把鬼变成人！小豆啊，你真是身在福中不知福，好生生的人不做，偏要做这等鬼事！可耻啊！"说到这里，曹尚斐动了真情，泪水在眼眶里打转。

忽然，他又转向艾莉："姑娘，看得出你是不久前才被人拉下水的，俗话说，一失足成千古恨啊……"艾莉听到这里，忍不住失声痛哭起来："我真糊涂，真不是人啊！"突然，她一个箭步冲出人群，向船舷扑去，被船上女服务员一把拖住，带到轮船办公室去了。

那些围观的旅客好奇地问曹尚斐："你怎么知道她是八十六路汽车上的售票员？"曹尚斐说："不久前，我给外孙女买了块和这一模一样的手表，但一周前在八十六路汽车上被人扒去了。奇怪的是，当我外孙女发现手表被人摘去，一声惊叫以后，那车上的女售票员立即关闭了车门，让司机直放公安局。车上乘客一个没少，可就是查来查去没查着。"听到这里，小豆猛地抬起头来，对乘警说："同志，那块手表是他外孙女的，那天在车上正是我偷的，失主一叫喊，艾莉就关了车门，我下不了车，灵机一动，就趁她不注意，将表塞进她的口袋里。事后，她没将表上交，我再去找她，借此胁迫她跟我合伙。"

小豆讲到这里，突然跪倒在曹尚斐面前，说："老人家，我有眼不识泰山，您肯收下我这个徒弟吗？"这个举动实在突然，弄得曹尚斐手足无措："这算什么意思？要跟我学本事？""不，我拜您为师，是要学您痛改前非、重新做人的决心和勇气！"他怕人家不相信，又说："我的年纪还轻，现在'四人帮'被打倒了，我爸爸的冤案迟早会搞清，我决心重新做人！"

曹尚斐为难地说："旧社会，我徒子徒孙确实不少，可解放以来，我还没收过一个徒弟……"乘警接过话茬说："老曹同志，我看可以收，我们应该欢迎他痛改前非嘛！""可怎么能使我相信你的诚心呢？"曹尚斐还在犹豫。

小豆鼓起勇气，将铺位上的一个大旅行袋拎到乘警面前，说："这就算我的一片诚心吧！"他打开包，嗬，包里五颜六色，琳琅满目。小豆说："这些全是赃物，请乘警同志把我交有关部门处理吧！"

"好小豆，有决心，我收下你这个徒弟了！"曹尚斐说完，大伙都会心地笑了。

（刘松林）

怪　　　　　　徒

人类的智力和美德，总是同他的志愿的豪迈纯朴和内心的坦白正直亦步亦趋的。

武侠迷奇遇

　　赵宝是个武侠迷,最爱看武侠小说和武侠影视片。人一着迷有时就不免胡思乱想,赵宝迷着武侠,崇拜武侠,久而久之就幻想自己也做一名武侠,他做得最多的就是"英雄救美女"的故事。也难怪,赵宝今年都二十八岁了,对象还没个着落。试想,如果遇上一个姑娘遭难,自己挺身相救,姑娘化险为夷,她一定会感激不尽,进而以身相许,共订终身……可遗憾的是,赵宝家离厂子很近,整天就是上下班走那几步路,活动范围狭窄,美女遭难的场面实在是千载难逢啊!

　　今年夏天一个星期天的晚上,赵宝到郊区一个朋友家喝喜酒,一时兴起,耽误了上夜班的时间,等告别朋友跑到公路上,正巧末班车刚刚开走。赵宝好不懊恼,但转念一想:这不就是一二十里路吗？男子汉大丈夫，走这点路算啥？于是他整了整领带，昂首阔步踏上了归途。

走呀走，也不知走了多久，赵宝走到了一处前不挨村、后不着店的荒凉地带，不但公路上见不到一个行人，就连夜行的汽车也一下绝了迹。四周一片寂静，赵宝顿时觉得自己好像来到了武侠小说中的某个荒岛幽谷，心里一阵阵发怵。

忽然，他借着月光，发现前边公路边上有一辆大卡车停在那儿，一点动静也没有。他不由自主地停下脚步，揉揉眼睛，看了又看，武侠迷的直觉使他突然蹦出一个念头：此时此地，这车……莫非有什么罪恶勾当？他屏声息气向前走了几步，竖起耳朵仔细倾听着，果然有人说话。再悄悄走近一些，仔细再听，是一男一女，声音就是从那汽车里传出来的。说话声很快变成了吵骂声，赵宝听清楚了——

"你……你想干什么？你……放开手！"

"别嚷嚷，小美人，我是真心喜欢你哇。"

"放手！流氓……我要叫人了！"

听到这里，赵宝浑身的血一下子涌到了脑门，两手攥紧了拳头，两脚却钉在了地上，全身的肌肉在哆嗦——是紧张还是激动？是害怕还是惊喜？该上前还是后退？赵宝脑子里乱成了一锅粥，不过有一点他是清楚的，平时反复构思的"英雄救美女"的故事此刻就要拉开序幕，正等着他这个主人公出场呢！

突然车子里传来一阵撕心裂肺的喊叫声："来人呵，救命——"可怜的美人在呼唤英雄！在这深更半夜的时候，荒郊野外谁还能听见？谁还会救她？偏偏叫我赵宝遇上了，这不是老天爷的安排吗！赵宝再来不及多想，抬腿就往前冲。

还没走近车子，赵宝忽然又听到一句："你再喊，我一刀宰了你！"不好，歹徒有刀子。赵宝迟疑了一下，连忙在路边捡了几块石头，装在衣袋里，右手还握了一块，猫着腰往前靠。

这时吵骂声已经停止了,代之而起的是激烈的厮打声——就在驾驶室里。赵宝心里又激动又紧张,他悄悄摸到驾驶室门前,猛地直起身子,左手"嘭嘭嘭"地猛敲车门,右手紧握石块,准备歹徒一露头就砸将过去。

敲了一阵,没有反应,看来歹徒已完全失去了理智,根本不管外边有人砸门,而里边厮打声、喘息声仍在继续……

"滚出来!"赵宝再砸车门,厉声怒吼。

"你找死吗!"一声雷鸣般的断喝在头顶响起,赵宝回头一望,一个彪形大汉正矗立在他身后,恶狠狠地瞪着他。

望着比自己高出一个头的凶神,赵宝一下子吓懵了:妈呀,歹徒行凶,还有保镖给他放风保驾——这也是武侠书里常有的情节,怎么自己今天给忘了?且不说现在是腹背受敌,就光对付眼前这一位,也是凶多吉少,弄不好自己就会一命呜呼,抛尸荒野……此时赵宝肚里的酒都变成了冷汗,一个劲地往外冒,至于驾驶室里的动静,他是再也听不见,更管不了了。

赵宝的气一下短了起来,他把握着石头的手朝身后藏了藏,勉强地朝大汉笑笑,嗫嚅着说:"没事……对不起,对不起……嘿嘿,喝了点儿……酒……"

"你他妈往后少喝驴尿!"

"对对!对……"赵宝留神着,一步一步往后退,看看对方并不想动手,连忙转身就逃。

逃了数十步,赵宝禁不住回身望了望,见大汉并不追来,却转身爬上车头,支起车头盖,又到地上提起水桶,往水箱里"咕嘟咕嘟"地加水,好像什么事都没有发生过一样。赵宝好生奇怪,呆立着要看个究竟。

正在这时,一阵晚风从那边吹来,送来了一位姑娘清脆悦耳的声音:"……刚才您听到的是广播连续剧《勇士奇遇记》第三集,今晚就播放到这里,谢谢您的收听。" (黄忠远)

复仇之前

　　上海北郊有一座多年失修、破败不堪的庭园,面积不大,游客很少,也无所谓开园、闭园。

　　庭园唯一的看园和守夜人,是个姓谷的白发老头,人们不记得他在这儿工作了多少年,也从没见他有妻室儿女或者亲友往来。老头只有一个嗜好:爱喝几盅。说来也怪,十年动乱刚刚过去,上海的社会治安不算稳定,各种刑事案还时有发生,然而在这偏僻的小庭园里却没发生过一起,为此,谷老头常常引以为荣。

　　1977年夏天的一个晚上十点光景,谷老头和往常一样,在园中练开了他的健生拳。莫看他满头白发,却身轻体健,展闪腾挪,转眼数十招已过,一路拳脚近了尾声。老头收势吐气,凝神远望,突然他势收一半不动了,目光"刷"一下紧盯住前面木香亭里一对一动不动的黑影。接着,老头双眉紧皱:是哪来的两个不知趣的想在这儿搞有伤风化的事儿? 他没有声张,疾步返回值班室,拿起桌上装有五节一号电池的长柄聚光电筒,沿着小径向木香亭走去。

谷老头走近木香亭,先咳嗽一声,然后用低沉而有力的声音喊道:"什么人? 出来!"话一出口,随即打开强光电筒照得对方眼睛白茫茫一片。谷老头刚想看清两人的面孔,但又急忙关掉手电,背过身去。原来亭里的人,听到他的咳嗽声,已一前一后走出来。走在前面的竟是个敞开衣襟的姑娘,在手电光的照耀下,她正忙不迭地系着纽扣。

谷老头把两人带到亮处,细一打量,顿时他那颗紧绷着的心放下了。他面前站着一对青年男女,那姑娘有着一张典型的东方妇女善良的脸,看着这张脸,仿佛就能知道她的品行,再看那小伙子,也不像是个不法之徒。谷老头陡然产生了一种长辈站在自己儿女面前的感觉。于是,他一反常态,没去声色俱厉地追究他俩夜深在此的行为不轨,只是轻声而温和地对姑娘说了句:"年轻姑娘要懂得自珍。"随后就送他们出了园门。

第二天傍晚,大雨倾盆。谷老头关好园门,坐在灯下,桌上放了一碟猪头肉和一包花生米,他一边喝着大曲,一边吃肉、嗑花生米,自斟自饮,乐在其中。一直吃到杯干菜尽,才收拾收拾准备上床睡觉。

谁知就在这时,突然屋外响起了"笃笃"敲门声,谷老头心里一紧:谁? 这时候还留在园中。他本能地抓起桌上的手电,再仔细听听,又没声息了。老头以为听错了,刚要放下手电,又传来了"笃、笃笃"敲门声,还传来一个女人的叫唤声:"老伯伯,开开门。"谷老头仗着酒劲稳了稳神,走到门边,一手握紧电筒,一手拨开门栓。门一开,随着一阵风雨,冲进来一个被雨淋湿了的姑娘，谷老头打开手电照了照，没发现第二人，才放下心来。

他仔细打量这姑娘，啊，原来就是昨天晚上那一位。老头狐疑地问："怎么是你？那个小伙子呢？""他、他已翻墙出去了，他是……"姑娘欲言又止，眼中泪花盈盈，似有难言的苦衷。过了一会儿，她才说："我想借把雨伞，不知您……明天还您。"老头紧问一句："你们明天还要来？"姑娘点点头，老头不再多说，把自己的雨伞给了姑娘，送她出了大门。

第二天中午，那姑娘就送伞来了。老头把姑娘让进屋里，倒了杯茶让她坐下，刚要开口询问，姑娘已先开口了："老伯伯，您是个好人，我需要您的帮助。我把什么都告诉您。我，不，我俩都是孤儿……"接着姑娘便叙说起她和那小伙子的身世来。

原来姑娘名叫叶小娟，那小伙子叫孙明南，两人自小一块长大，现在都是上海第一机电厂的工人。他们的父母在"文化大革命"中相继了黄泉路上的冤鬼，同是孤儿的命运使他俩处得如同兄妹。为保护小娟免受欺凌，孙明南打了厂革委会主任的儿子，从此孙明南就倒了霉。当时的机电厂是革委会主任的天下，和他一起造反起家的小兄弟掌握着厂里各种大权，为替这位主任出气，他们就找孙明南的茬儿，无故克扣工资，动辄就是处分，把个二十多岁的青年人弄得灰心丧气。

今年年初一傍晚，孙明南闷头工作了一天，拖着疲惫的身子离厂回家，刚走出车间门，一个科室干部叫住了他，说主任在办公室等他。孙明南没好气地应了一声，便朝厂部办公楼走去。他走到主任办公室门口，见门虚掩着，就低头推门而入，一进门，突然听到"啊"一声叫，只见一个头发蓬乱，赤裸着上身的女人正在更衣。孙明南猛吃一惊，忙扭头就要退出，可没容他退出门槛，门外已冲进了几个人把他扭住了。那更衣的女人一口咬定孙明南要强奸她，孙明南申辩说是有人通知他来的，但那个曾经通知他的人却矢口否认。孙明南就这样被送进了公安机关。

阴谋，一个彻头彻尾的阴谋，孙明南因此被判处了三个月的拘役，不明真相的女朋友和他断绝了关系。可孙明南出狱回家后，厂里又谣言四起，说孙明南把女朋友甩了，是因为和叶小娟关系异常，他们名为兄妹，暗里是黑夫妻。厂保卫科见风就是雨，一张布告勒令叶小娟停职检查。孙明南怒气难平，一头冲进保卫科，想要申辩评理。不料进去一看，只见几个人正围着叶小娟在严辞训斥，还不让她申辩。见此情景，本来就憋了一肚子怒火的孙明南再也耐不住了，他挥拳就打，结果寡不敌众，挨了一顿拳脚后又被送进了公安机关。

说到这儿，叶小娟已满眼含泪，她掏出手绢擦了一下，继续说道："这次孙明南从拘留所出来后，开始他神态显得很平静，两天前他突然对我说：'小娟，我想过了，今后这样的事还会不断发生。不过，只要你肯帮我做好一件事，我保证往后太平无事。'听了他的话我连连点头，我是多么希望能让我们平安无事地生活呵。"

谷老头听到这儿，突然插话说："不，姑娘。我看他大概想横下心来，要干可怕的事了。""是的，这两天我也明显感到了。我明白凭我一人是再也劝他不回了，我只能紧紧地跟着他，怕他干出糊涂事来。然而这两天晚上他要我跟他到这里来干的事，实在叫我莫名其妙……老伯伯，现在我心里十分害怕，我知道您是个好人，您就救救我们吧。"叶小娟说完，眼泪汪汪地望着老人。

谷老头知道，哀莫大于心死，而这个叫孙明南的小伙子正是心死了，才准备用毁掉自己的办法来毁掉别人了。但现在还无法摸清他两次黑夜来庭园的真正目的。老头觉得要使这样一个人回过心来，谈何容易。但他不愿意也不忍心袖手旁观。

转眼到了晚上，叶小娟按原先和孙明南的约定，坐在木香亭中等他，谷老头则在另一处练拳。此时皓月当空，老头借着月光能清楚地看见孙明南将要翻越的那堵墙头。

　　九点左右，孙明南的身影出现在了墙头上，只见他一猫腰跳下了围墙，迅速向木香亭走去。谷老头急忙从树根边操起长柄电筒跟了过去，用他的老办法突然打开手电，电光直射孙明南的眼睛，然后一声命令："跟我到值班室去！"

　　奇怪的是孙明南丝毫没有反抗的意思，但是谁也没有发现，黑暗中他脸上掠过了一丝冷酷的笑意。他右手伸进了衣袋，就在老头刚跨进屋内的当儿，孙明南猛然把身边的叶小娟往他身上一推，随即拔出衣兜里的弹簧刀来，大声命令道："都不要动！"

　　叶小娟被他突如其来的举动吓呆了，她看着孙明南绷紧的面孔，露出凶光的双眼，忽然觉得陌生起来。谷老头也没料到他这一手，只好站着不动，目光冷冷地打量着这个身材不算高大但体格极强壮的青年人。

　　谷老头看出这青年人不像马上要行凶的样子，心定了一些，他拉着叶小娟在床沿上坐下。孙明南见自己一亮刀子就把老头镇住了，他也放心了一些，一字一顿地开口道："老头，你是个好人，本该报答你，可是你确实碍了我的事，只能如此相待了。小娟，你是我唯一的亲人，现在又帮助我做好了我最后一件事，我谢你了，同时也向你诀别。"

　　说到这，他看了两人一眼，继续说，"我小时候常来这里玩，就在这窗外的墙角，我发现一支手枪，拾起一看，黑漆漆、沉甸甸，是一支真枪！当时我心中害怕，就在原地挖了个坑，把它埋了起来，现在我需要它，它能帮助我吐出这多年来心中的怨气。这些天我想取出这支手枪，偏偏你这老头总不离这屋子的左右，所以我故意深夜来园中作些不轨的事，想引你发脾气，而后我就能……"他做了个杀人的动作，"可你好好地把我送了出去，这使我不忍下手。但要报的仇我不能不报！好罢，现在我把你们两人都绑在这屋里，这样对你们也有好处，免得以后被我牵连。"说着他从腰间取出一根细长的尼龙绳，就要上来绑人。

"且慢动手,"谷老头说话了,"我相信你说的都是真话,那年月你捡到一支真枪也是可能的。但是我怀疑你是否有杀人的本事？比如我这老头你就未必杀得了,更别谈其他了。这样吧,今天你若杀不了我,那就乖乖地听我的;你一定要去杀人,那就非得先杀了我不可。怎么样?""好吧。"孙明南犹豫了一会儿,扔掉了手中的尼龙绳,握紧了弹簧刀扑了上来。

老头眼明手快,待他近身时起脚踢落了刀子。几招来回,老头发现低估了对手,这青年人拳头硬不说,而且力气大,抱着以死相拼的决心。老头几次想出快手擒住他,无奈他汗淋淋,滑腻腻,擒他不住。此时,屋里的东西已被他俩打得桌翻椅倒,老头觉得屋内地方太小,自己有些施展不开。一看对方堵住门口,便朝着孙明南右眼一记"单拳压眉",看他头一偏让过,老头紧跟跨上一步,变拳为掌用力往左一拨,孙明南被拨到了旁边,老头并不停步,趁势夺门而出。

孙明南一见老头出了屋子,心想要坏事了,如果老头逃出庭园呼人援助……他不及多想,捡起掉在地上的弹簧刀,就要往门外冲。此时叶小娟已看清眼前的危险局面:孙明南对老人已起杀心。她不顾一切扑上去抱住孙明南,但马上被甩倒在床上。

孙明南疾步冲出门外,刚到门口又被候在门外的谷老头劈掌打落了刀子,两人在门外又打斗了几分钟。老头毕竟年老体衰,渐渐地有些体力不支,他这时感到自己危险了。刚才自己虽然艺高胆大,但是旨在武力压倒对方,而未下重手;快下重手吧,谈何容易,老头已气喘吁吁穷于躲闪,根本无暇还击。正当这危急时刻,叶小娟扑了上来。

孙明南虽然凶猛得像只恶虎,但对于叶小娟只是避让或推开,决不硬手硬脚,这样他反而被她缠住了。老头趁机平了平气,运足了劲,待孙明南再一次冲上来时,老头腾身闪过,随后疾进一步,在他后脑勺上猛击一掌,他一步踉跄跌倒在地,昏了过去。

　　谷老头长长地呼出一口气，望着一旁很不放心的叶小娟，安慰道："不要紧，他很快就会醒的。"不多会儿孙明南醒了过来，他很快明白了是怎么回事，刚想蹿起来，叶小娟用身子死死地按住了他："不，你不能，明南哥，是我求这位老伯伯不让你杀人的。你既下了死决心，那就先杀了我吧。"叶小娟哭倒在地。孙明南有些不知所措了，茫然地松开握紧的拳头，突然他双手抱着头，坐在地上大哭起来。

　　谷老头走过来，拍了拍他的肩膀，说道："这些年来，你们确实受了气，可是由于十年动乱而蒙冤受屈的岂止你们俩啊，振作点，把这糊涂念头远远地抛开，相信我老头子的话，善恶终有报。"

　　孙明南彻底折服了。他们三人一起挖出了十年浩劫遗留下的一丝祸根——那支早已锈迹斑斑的破枪，连同那把弹簧刀一起，交到了公安局。

　　1977年中秋之夜，圆月朗照，谷老头破例敞开庭园大门，他衣衫簇新，在众多的游客中，安步当车，左边叶小娟，右边孙明南，他们三人已成一家，一个三姓组成的幸福之家。

（顾世明）

武侠迷

　　白师傅是个武侠迷，不论什么时候，只要有空，就捧着武侠小说不放，见缝插针，看得爱不释手。你瞧，这天晚上刚吃罢晚饭，白师傅就乐滋滋地把自己的房门一关，躺到床上津津有味地看起他的《剑仙侠客》来。

　　正看得十分带劲的时候，忽然"嗖——"从窗外飞进来一样东西，白师傅赶紧抬起头来，"呼"只觉眼前闪过一道白光，那东西直插对面墙上。这是怎么回事儿？白师傅立刻从床上蹦起来，跑上去一看，原来那插入墙中的，是一根用钢针和鹅毛连在一起做成的箭，上面还系着一张小纸条。

　　白师傅拔下箭头，展开纸条。不看则已，一看，把他吓得全身发抖。怎么回事？原来纸条上面是一行歪歪斜斜的钢笔字：

"这个星期天早晨七点,你一个人,把四百三十块钱用牛皮纸信封封好,送到人民公园夹竹桃林。不得有误!"落款是"铁掌水上漂"。

唉呀呀呀,这将如何是好? 这几天孩子他妈出差在外,家里连个商量的人都没有,白师傅急得在屋子里走来走去,就像那热锅上的蚂蚁,团团转。

正在这时候,儿子白岩撞了进来,一看爸爸这神情,连忙问:"爸爸,你怎么啦?"

"做你的功课去!"白师傅烦躁地朝儿子摆摆手。

白岩眼明手快,一眼看到爸爸手中的纸条:"什么条子? 我看看!"他抢过纸条一看,紧张地问:"爸爸,'铁掌水上漂'是哪个?"

"裘天仞。唉呀,说了你也不明白! 是一本书里头很有本事的人!"

"书里边的人,你怕他干啥?"

"你不懂! 这可能是个化名……这个'铁掌水上漂'一定很厉害,不然,他怎么会知道我有四百三十块钱。"

"那,你要小心点啰……爸爸,把四百三十块舍了算啦! '好汉不吃眼前亏'!"

"你说得倒轻巧,舍了算了? 又不是四角三分钱,四百三十块哪! 你爸爸一年到头才存了这么点钱!"

"那,你就别怕他,约他'华山论剑'!"

"滚! 你吵得老子心烦!"

白师傅不耐烦地把儿子赶走,思忖再三,怕这事儿以后纠缠不清,决定还是向公安局报案。

且不说白师傅到公安局报案之行,单说星期天一大早,白师傅按照公安人员的指点,把牛皮纸信封封好的钱往怀里一揣,便向人民公园走去。

碰巧这天早晨有雾,白师傅走进公园,来到夹竹桃林时,怎么看也看不出周围有埋伏。白师傅心想:万一公安局的人来迟了,我这点血汗钱不就飞啦? ……唉,他们一定要捉人拿赃,说是保证我人和钱的绝对安全! 可我四百三十块拿着,心里总有点不实在……他心头七上八下,看看表,规定的时间又已经到了,只好硬着头皮,惶恐不安地走进夹竹桃林。

没走几步,他就觉得腰杆上突然被一件硬邦邦的东西顶住了,回头一看,大吃一惊,原来身后站着一个穿着深色衣裤的人,那人头上包块黑布,只露出了两只眼睛——这不是在那本武侠小说中看到的那个黑衣怪人么? 只是矮了半截,但那模样也够怕人的了。白师傅吓得说话直打颤颤:"你,你是……"

"'铁掌水上漂'!'匹'(钱)带来没有?"

"带……带来了!"

"到这边来!"蒙面人说着,便把他带向夹竹桃林的深处。

白师傅吓得两腿直发抖,一边跌跌撞撞往前走,一边拼命往周围看,可哪里有公安人员的影子,他只好无可奈何地跟着。

谁知到了夹竹桃林深处,白师傅惊呆了,头上冷汗直冒,浑身不住地打颤。原来,这里还有两个同样的蒙面人正等着他呢!

"快,把钱交出来!"三个蒙面人围住了他。

四周静悄悄的,一点声响都没有,"完了,没指望了!"白师傅哭丧着脸,从怀里掏出那四百三十元钱,交了出去。

这三个蒙面人拿了钱并不走,一个开口道:"你我都是武林中人,给你留个纪念。看,'霍家刀'!"白师傅背上立刻挨了一下。

紧接着第二个又上来了:"'九阴白骨爪'!"

他身上又被抓了一下,还没有回过神来,第三个发声喊道:"看我的'铁头功'! 嗨!"一头向他肚子撞来。

也不知是没有提防还是吓虚了,总之,这一下就把白师傅撞了个仰八叉,倒在地上时,后背又撞上了一砣石头,疼痛难忍。

白师傅心疼那四百三十块钱,想拖拖时间,等公安局的人来。他一急,倒也急出个主意,一边揉着疼处,一边竖起大拇指说:"几位师傅功夫不错,好样的! 请再亮几手,在下也好领教领教!"

没想到使铁头功的这位蒙面人却向另外两位蒙面人招招手,于是三个人一齐上前,恭恭敬敬扶住白师傅。

白师傅诧异地问道:"你们?"

"你们到底是干什么的?"这时候,公安人员也突然出现在他们面前。他们是不是来晚了? 不是。只因这三个敲诈钱财的蒙面人表现得太特别,拿到钱不但不慌忙逃走,竟然还吼声震天地表演起蹩脚的武功来,所以他们埋伏在林中,一直在观察动静。

公安人员一亮相,两个蒙面人慌了,要想跑,被使铁头功的这位拉住。只见他把包头布一扯,白师傅惊得目瞪口呆,这不是自己的儿子白岩嘛!

只见白岩对公安人员一拱手:"对不起,惊动了'大驾'! 我和我爸爸在开玩笑!"边说边把钱塞还在他爸爸手里。

白师傅被弄得哭笑不得,连忙向公安人员打招呼:"对不起,实在对不起! 我收到条子时真的不知道是……"

"好好教育教育你这个孩子,怎么把玩笑开到我们公安局头上来了? 我们走。"——公安人员走了。

白岩的两个小伙伴向白师傅深深一鞠躬,转身也跑得无踪影了。

白师傅气得吹胡子瞪眼:"你? 你干的好事!"

"我……我只想试一下。可爸爸,你……你不也是武侠迷么,'大哥莫说二哥'!"

"你小子,说的什么话? 你平时迷那些个玩意儿,我不来说你,可你也不能开这么大的玩笑啊!"

原来,白岩虽说今年才只有十三岁,可受白师傅的影响,迷武侠已经迷到了如痴如醉的程度。白师傅的那些武侠书,越不让他看,他越是想看,看了就去摹仿。他的练功可以用五个字来概括,就是"蛮干加乱来"。只要是属于武侠范畴的各种招式,管它是真是假,他都要学;管它是啥场合,他都要干。有一天上课之前,白岩突然心血来潮,把讲台上的粉笔一根一根地摆在课桌上,练起他的"霍家刀"来,只听得"嗨嗨"声响,没多大工夫,大半盒粉笔都被砸成了碎节节。几个男同学就用这些粉笔头开起仗来,一时教室内白光闪闪,满地都是粉笔头。

老师走进教室一看,冒了火:"是谁干的?"

"我。"

"你?白岩,站起来!"

"贫道有礼了!"

"什么名堂?你一个人能弄成这个样子?"

"大丈夫一人做事一人当。是我干的,不干别人的事!"

"嗬,你还很讲'义气'?好,你知道,学校有规定:浪费讲台上的粉笔,要照价赔偿!"

"行!我赔一盒粉笔,这事放得平。"

"白岩,往后……"

"往后请老师多多包涵,多多包涵!"

他这般对答如流,倒把老师弄得个气也不是、笑也不是。

就这么练呀练的,今天白岩竟练到老爸头上来了。刚才把爸爸唬了一阵,白岩觉得心里挺过意不去,这会儿便扶着他一起回家。

两人路过一个建筑工地的时候,谁知脚手架上的工人作业不小心,一只灰桶从半空掉了下来。

"爸爸,闪开!"白岩赶紧喊了一声,把爸爸朝旁边一推,自己却一个箭步迎了上去。干啥?原来白岩自认为功夫练成,小小一个灰桶算啥？用刚才把爸爸撞倒了的铁头功定能对付。所以他冲上去，站稳桩子，运气伸头，对准灰桶准备来个硬碰硬。幸好，这时灰桶翻了一转，"内容"和壳壳分开了，只有粑一点大的"瓢子"——水泥灰浆的一部分，砸在他头上，铁桶只打着了他的手臂，只听"轰"一声，他顿时倒在地上，不省人事。这之后，他立即被送到了医院，经医生确诊：左手骨折，头部轻微脑震荡。于是他就成了手臂上绑石膏、头上缠绷带的住院病人了。

这一闷棍的确挨得不轻，应该说是血的教训了。虽然是挨在儿子身上，可实在是痛在爸爸心上。除了儿子受这么重的伤之外，医疗住院费把白师傅那四百三十块钱用了个干干净净。

"唉！该怎么对待那些勾魂的武侠书，我这当爸爸的，得好好想一想啊！"

（张　力）

第三个条件

　　洛阳市某厂技术科有一位女技术员，名叫沈玉霞。她今年三十二岁，并且已经有了孩子，但还像姑娘那样漂亮，特别是那只小巧玲珑的鼻子，一笑起来，更增加了几分姿色。她丈夫是本厂翻砂车间的工人，叫刘长明，虽说长相不如她，倒也有八分英俊。为了不影响工作，他们把小孩送到了乡下，由刘长明的母亲抚养。两个人互帮互助，共同进步。沈玉霞前年从"夜大"毕业后，当上了厂里的技术员，不久，又被提拔为技术科的副科长；刘长明也由一般的工人，被选为车间主任。他们可真称得上是一对比翼双飞的鸳鸯鸟，厂里的工人和干部一提起这对夫妻，没有一个不翘大拇指的。

　　常言道："天有不测风云，人有旦夕祸福。"谁也想不到，沈玉霞最近突然闹着要跟刘长明打离婚了。开始,人们以为小两口一时生气,慢慢就好了,后来他俩一直从厂里闹到法院,法院又通知厂里协助调解,这才引起了全厂上下的震动。大家议论纷纷,都感到蹊跷:这一对平时连脸也没红过的夫妻,怎么突然闹到了这一步呢?

这确实是个谜,不但外人猜不透,就连沈玉霞的丈夫刘长明,心里也是一团糨糊。他左思右想,也想不出有什么对不起妻子的地方。

这天,轮到刘长明休息,他就把妻子和自己的脏衣服收拢来准备洗一洗。谁知,在抖妻子的布衫时,衣袋里掉出一封信,他拾起一看,是北京寄来的,觉得很奇怪:这么多年了,从没听妻子说过北京有什么亲戚朋友呀?再抽出信纸一看,他的心猛地一下抽了起来,信上尽是一些"亲"呀、"爱"呀、"想念"呀之类的话。最后写着:"我在这儿已经给你联系好接收单位,盼你火速办好离婚手续;只要咱们一结婚,很快就能把你调进北京来。火速!火速!!"

刘长明看完信,气得差一点晕过去。正在这时,沈玉霞急冲冲地回来了。

沈玉霞回来干啥?取信的。她去上班刚走到厂门口,突然想起早晨换衣服时忘了把信掏出来,便急急忙忙往家跑。她一进门,见丈夫手中拿着信,吃了一惊,赶紧上前一把夺了过来。

刘长明恼火地问:"这是谁的信?"

沈玉霞张了张嘴,却说不出话来。她说啥呢?她理亏呀!

原来,不久前厂里派沈玉霞去北京几家工厂参观学习,在这期间,她偶然遇见了一位高中时的同学。当初在学校时,他们曾谈过恋爱,后来那位同学随父母调到了北京,从此便杳无音信。这次见面后,那位同学对她十分亲热,领着她转了颐和园,参观了十三陵,逛罢动物园又跑八达岭,天安门前拍了照,景山公园留了影,还两次请她进了烤鸭店。最后,那位同学又把她领到家里,参观了三室一厅带厕所、厨房、洗澡间的大单元和现代化的家庭设备:洗衣机、录音机、进口的彩色电视机,外加一套明光闪亮的新式家具。沈玉霞眼红得直咂嘴,可那位同学却唉声叹气:"万事如意,就是少个终身伴侣。"接着,便把自己爱人病逝、没有留下一个孩子,感到冷清、寂寞的苦水一股脑儿倒了出来。言谈中还不时地流露出对她的爱恋。两人越谈越投机,沈玉霞的心渐渐被这突如其来的情意和现代化的物质生活溶化了,终于顶不住那位同学的引诱,答应回家和丈夫离婚,然后调到北京去。

就这样,从北京回来后,她便昧着良心同一向情投意合的丈夫闹起离婚来。

眼下沈玉霞见一切都露了馅,就干脆拉下脸皮说:"就是这么回事,你看着办吧,反正非离婚不可!"说完,卷起行李,搬到厂里去了。

刘长明原来还指望妻子能回心转意,如今明白了事情真相,心中顿时如同刀绞一般,他经受不住这沉重的打击,病倒了。厂领导了解情况后,反复做沈玉霞的思想工作,可沈玉霞的心如同铁板一块,连道缝儿也不开。

这天是厂休息的日子,沈玉霞从厂里回来,找刘长明到法院办离婚手续。她本打算大闹一场,谁知刚一开口,刘长明便一口答应了。这一点倒使她意想不到。可是,刘长明紧接着又提出了要求:"不过,你得答应我三个条件。"她愣了片刻说:"你讲吧。"

刘长明说:"第一个条件,咱俩再逛一次公园。"

沈玉霞心中感到好笑:就要离婚了,他还有心思逛公园哩!她想了想,便答应了。

刘长明接着说:"第二个条件,再谈一次话。"

沈玉霞心里说:任凭你咋说,还能把我的心说动不成?所以,她也一口应允了。

刘长明最后说:"第三个条件很简单,咱俩再最后接一次吻。"

沈玉霞差一点要笑:这也算个条件? 只要你答应离婚就行。所以她立即点头答应了。

于是,两人一前一后,来到了离家不远的公园。

这天上午,逛公园的人特别多。有白发苍苍的老人,有戴着红领巾的小学生,有一对对相依相偎的恋人,也有像他们一样的夫妻,手拉着打扮得花枝招展的儿女,有说有笑地游玩散心,一个个都是满面春风,喜笑颜开,唯独他们两人是满脸阴云。

刘长明看到此情此景,心中更加难受,辛酸的泪水止不住涌满了眼眶。沈玉霞呢,心却早已飞到北京去了,她幻想着不久的将来,就能够跟新婚的爱人肩并肩、手拉手地在首都的公园里游玩,心里好似倒了蜜糖罐,甜滋滋的。

就这样,两人各怀心思,像一对哑巴,在公园里默默转了一圈。最后,在小河旁的第三条石凳前站了下来。他们的爱情就是从这儿开始的。在这儿,他们第一次约会,共同探讨过人生和未来,并发誓要永远相爱;这石凳,是他们爱情的见证。今天,刘长明把她领到这儿,是希望她能触景思情,珍惜他们之间的深情厚谊,能够回心转意。可是,两人默默地站了好大一会,沈玉霞始终一句不吭。刘长明忍不住问:"你有什么感触吗?"

此时此刻,沈玉霞正在想着那未来的幸福生活哩,哪里还有心思回忆过去的往事? 听到刘长明问她,就说:"没啥感触,快履行你的第二个条件吧。有什么话,尽管说,就是骂几句,我也不在乎。"

刘长明心头一沉,隔了好久,才长叹一口气说:"玉霞,咱们结婚六年了,孩子也快满五周岁了,你就是不为我着想,也得为孩子想想呀! 难道你真忍心让咱们的宝宝失去亲娘?"

这番话难道一点也不使沈玉霞动心吗？不是的，沈玉霞也知道自己和刘长明闹离婚良心太坏。但此时她怎么也顶不住那"现代化家庭生活"的诱惑，所以还是一句话也没说，两人脊梁对脊梁地愣在那儿。过了一会，沈玉霞忍不住催促说："还有啥话要说吗？没有的话，请履行第三个条件吧！"

刘长明没有回话，也没有动，只是呆呆地望着蓝天、白云，紧蹙双眉，脸上呈现出十分复杂的表情。过了好久好久，他的双眉渐渐地舒展了，突然转身对沈玉霞说："走吧，咱们去办手续吧。第三个条件，我决定放弃了。"

沈玉霞觉得奇怪："条件是你提出的，我又没反对，为啥要放弃？"

刘长明说："你别问那么多，不管怎样，满足你离婚的要求，不就行了吗？"

说来也怪，刘长明越不讲明放弃第三个条件的原因，沈玉霞越觉得奇怪，所以就追问说："你给我讲清楚，为啥放弃第三个条件？"

刘长明想了想，冷冷地说："你一定要知道的话，我就告诉你吧。我原打算，如果对前两个条件你毫不动心，就说明你对我已经没一点情意，那我也不给你留什么情面，打算趁接吻时，咬掉你的鼻子……"

沈玉霞惊得"啊"一声，条件反射似的慌忙用双手捂住自己那只漂亮的鼻子。

刘长明冷冷一笑，嘲讽说："我已经放弃了第三个条件，你还怕什么？尽管你没有良心，给我和孩子带来终身的痛苦，我恨你，但刚才我反复考虑过了，自己不能那样做；假如那样做，也将会给你造成终身的痛苦，这种不道德的事我不能干。好了，你已经明白了我放弃第三个条件的原因，咱们现在就去法院办离婚手续吧！"说完，他头也不回地先走了。

　　沈玉霞没有动,呆呆地望着刘长明的背影,像木偶一般愣在那儿。刘长明的一番话把她的心打动了:假如丈夫真的咬掉自己的鼻子,不但要给自己带来痛苦,而且还要背一辈子的臭名。可是,丈夫没有那样做,尽管自己太绝情,使他万分恼恨和痛苦,可他还是不忍心伤害自己。是我……我太对不起他了!

　　想到这里,沈玉霞悔恨交加,泪水止不住涌出了眼眶。她拼命追赶上去,一把拽住丈夫,"扑通"跪倒在地上,哭着喊道:"长明,我太对不起你了! 我不能离开你,也舍不得离开你,一辈子也不离开你了。"说着,她发疯似的紧紧抱着丈夫的双腿,好像突然发现了什么宝贝而又怕失去似的。

　　刘长明见沈玉霞回心转意,当然十分高兴,赶紧把她扶了起来。

　　从此,这一对夫妻更加相亲相爱了。

(马　冰)